最強タンクの迷宮攻略
4
そのきつく吊り上がった両目が俺を射抜く。
騎士団長ベルトリア、か。
JN053252
Ryuta Kijima
木嶋隆太
illustration さんど

ルードたちは、
馬車の前に並んだ。
後ろを見ると、
そこにはルナや
マニシアたちがいた。

「兄さん、頑張ってくださいね」
マニシアが手を振ってくる。

「僕？　僕は、グラトだよ。
よろしく」

ニンが杖を持ち上げながら、
口を開いた。

ルードの前にグラトが出ていた。

「グラト!?」

グラトは片手を向け斬撃を吸収する。

そして、ヴァサゴへとその斬撃を返した。

ヴァサゴが長剣を
振り下ろそうとした瞬間、
マリウスの刀が横切った。

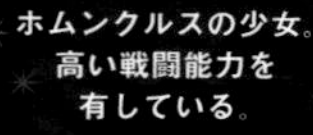

ホムンクルスの少女。
高い戦闘能力を
有している。

マニシア

ルードの妹。
病弱だったが迷宮の魔石を
使用して回復に向かっている。

ルード

歴代最高の体力を持つ冒険者。
スキルを使って他人のダメージを
肩代わりすることができる。

CHARACTERS

最強タンクの迷宮攻略 4

グラト

魔法使い。20歳。
中性的な容姿。ルードたちと
迷宮で出会うが、
ある問題を抱えている。

ベルトリア

騎士団長。25歳。
真面目な性格。
かつてニンの護衛を
したことがある。

ニン

ルードのパーティに
加わった教会の聖女。
回復魔法が得意。

最強タンクの迷宮攻略 4

木嶋隆太

ヒーロー文庫

最強タンクの
迷宮攻略
4

CONTENTS

illustration
さんど

イラスト／さんど
装丁・本文デザイン／5GAS DESIGN STUDIO
校正／吉田桂子（東京出版サービスセンター）
DTP／天満咲江（主婦の友社）

この物語は、小説投稿サイト「小説家になろう」で
発表された同名作品に、書籍化にあたって
大幅に加筆修正を加えたフィクションです。
実在の人物・団体等とは関係ありません。

プロローグ　依頼

俺たちのクランハウスを訪れた騎士団長ベルトリア。

俺は彼女と向かい合っていた。

どこかこちらを警戒しているようにも見える。

凛とした美しい容姿であったが、そのきつく吊り上がった両目が俺を射抜く。

騎士団長ベルトリア、か。聞いたことくらいはあった。数年前に騎士団長に就いた美しい騎士がいると。

それが恐らく彼女なのだろう。

けれど、どうしてベルトリアがこの村に訪れたのだろうか？

いや、まったく何も思いつかないわけでもない。ただ、騎士団長自身がやってくるとは思っていなかったのだ。

「話をしたいのだが……できればあまり多くの人に聞かせたくない。別室に移動することは可能か？」

ベルトリアがそう言ってきて、俺は頷いた。

「それなら詳しい話を奥の部屋で聞かせてもらってもいいですか？」

「ああ、わかった」

問いかけると、彼女はこくりと頷(うなず)いた。

俺はニンをちらと見て、共に来てもらう。

俺よりもあらゆる面で知識量のあるニンに参加してもらったほうが、話し合いも滞りなく進むと考えたからだ。

三人で奥の部屋へと入り、そこにあったソファに腰掛ける。

お互い、テーブルを挟んで向かい合う。

空気は未だ張りつめたままだ。

ベルトリアの厳しい目が、そうさせてくる。

重苦しい空気の中、俺は再度問いかけた。

「……それで、どのような御用でしょうか？」

可能性があるとすれば、ホムンクルスと魔王についてか。

俺の情報はすでに国の上層部へと伝わっているはずだ。

俺が迷宮の管理者であること、魔王グリードを捕獲したこと、そしてホムンクルスについて。

さて、一体どれだ……？

「そう、警戒しないでほしい。何も私はおまえを責めるために来たわけではない」

ベルトリアは片手をこちらに向けてきた。待て、とばかりの様子だ。

この状況で警戒するなというほうが難しい話だ。

「では、どうして？」

「このクランに、依頼をしたいと思ってきたわけだ」

「依頼ですか？」

依頼をしにきただけ、というには少し警戒しすぎな気もする。

自然俺も緊張していると、ベルトリアはこほんと咳ばらいをして、

「……すまない。あまり、冒険者の男性と話すのに慣れていなくてな。その、少し緊張してしまっていてな……本当にただ、依頼をしたいだけなんだ」

ベルトリアは一枚の紙をこちらに差し出してきた。

その紙には、確かに依頼が書かれている。

迷宮攻略、か。

「王都に、新たな迷宮が発見された。どうにも、その迷宮の難易度がおかしくてな。だから、こちらのクランに攻略を依頼したい」

迷宮攻略の依頼か。

紙にもその旨が記載されていた。個別のクランに対して依頼を出すというのはおかしな

話ではない。

そもそも、騎士たちは人を取り締まるのには慣れているが、迷宮攻略はどちらかといえば門外漢だ。彼らの剣術などはすべて対人に特化しており、魔物相手には多少苦戦するだろう。

だから、迷宮攻略や魔物の討伐は基本的に冒険者に任せているというのがこのグランドラ王国の現状だ。

もちろん、騎士たちだってまったく迷宮攻略をしないわけではない。必要があれば行うが、あくまで役割分担をしているというだけだ。

「難易度がおかしい……ですか？」

「一階層からかなりの難易度でだな。黒竜の牙、白虎の爪に同様の話をしたが、そちらには断られた」

断られた、か。

二大クランが断るということは、相当に難易度が高いか、引き受けたところであまり旨味がないとかそういった理由なのかもしれない。

確かに、俺たちのクランはかなりの戦力であるのは間違いないと思っている。

俺はともかく、ニンは聖女としてその圧倒的回復魔法を持っているし、マリウス、アモンはいわずもがなの戦力だ。

ルナだってなんでもできる才能を有している。

リリアとリリィの二人は、クランの一員ではないため戦力として数えることはできないが。

ただ、二大クランのトップたちならば、戦力的に俺たちと並ぶほどのものを用意することも可能なはずだ。

だから、少し不思議だった。何か裏があるのではないかと思ってしまう。

「……そう、なんですか」

「彼らに相談したところ、迷宮攻略においてはこのクランのほうが優れているとの話だった。だからルード。迷宮がある王都に来てはくれないだろうか？」

そう評価するのはケイルド迷宮の一件があったからかもしれない。

俺たちは彼らが攻略できなかった階層を突破し、その先へと進んだ。

俺だって、それに関しては自信のようなものを持っている。だけど、アレはうまくみんなの力がかみ合っただけに過ぎないだろう。

期待されすぎても困る。

「その評価は嬉しいですが、あの時はたまたまというのもあります。確実に迷宮攻略を達成できるという保証はできませんが、それでもよろしいですか？」

協力はしたいとも思う。

国の中枢部分に関われる人間と親しくしておくのは、今後において大事だと思う。

まだ、魔王のことや、ホムンクルスのことなど、どう扱われるのかわからない問題が多い。

俺の評価を、少しでも上げておきたい。

「ああ、それで問題ない。それと、確認だが以前の迷宮攻略ではギルド職員も参加したと聞いた、それは確かか？」

「ええ、はい」

リリアとリリィのことだろう。確かに、彼女らはうちの仲間ではない。

……まあ、それでもかなり協力してもらっているが。

足を向けて寝られない、というのが正直な感想だ。

「その人物たちも参加できるようにギルドには話を通してある。もしも必要ならば声をかけるといい」

それは、とても嬉しいことだ。

リリアとリリィがいれば、パーティー編成の上でもかなり楽になる。

「わかりました」

「それらを踏まえて……いつ頃出発できそうだ？」

いつ頃、か。

リリアとリリィを誘うこと自体はすぐに終わるだろう。

ただし、パーティーみんなの準備なども考えると、

「そうですね……こちらで色々と引き継ぎたいこともありますので、一週間ほどお時間いただければと思います」

「わかった。それまではこちらに待機させてもらおう」

ベルトリアはそう言ってすっと頭を下げた。

ちら、とニンを見る。ニンは腕を組んだまま、じっとベルトリアを見ていた。

その時、ニンの口元が緩んだ。

「久しぶりね、ベルトリア」

「……ニン様。お久しぶりです」

「そんなに堅苦しくしなくても。どうなの最近は？」

「ええ、まあぼちぼちですね。それでは、失礼します」

一礼をしてから、彼女は部屋を出ていった。

部屋を出た後、ニンとベルトリアの関係が気になった俺はニンに問いかけた。

「ニン、知っているのか？」

「一応知っているわ。聖女の時に何度か護衛してもらったことがあるのよ。元々真面目ちゃんだったけど、なんかさらにそれに拍車がかかっちゃったわね」

……まあ、騎士団長という立場だ。

俺たちが想像もできないほどの重圧があるに違いない。

一つの行動で、自分の立場を失うようなことにだってなるかもしれないしな。

「そうか」

「でもルード、どうするのよ？　二大クランが断った迷宮攻略なんてかなり大変そうじゃない？」

「それでもまあ、できるのなら協力したい……というわけで、王都に行くメンバーを選ばないとなんだけど」

迷宮攻略は六人で行う。候補は何名かいるが、やはりまずは――。

期待するように体を揺らすニンに、俺は問いかける。

「ニン、来てくれるか？」

俺が言うと、

「ええ、行くわ。任せなさい」

彼女は自慢げに胸を叩き、親指を立てた。

頼もしい限りだ。

俺が笑みを返すと、しかし彼女は次の瞬間腕を組んだ。

「でも王都だと家の人に見つかるかもしれないのよねぇ。そうなるとちょっと面倒なのよね……」

「そういえば……公爵令嬢だもんな。……一応」

普段の言動や態度から、貴族であることを忘れてしまいがちだが、ニンは公爵令嬢なんだ。

「一応って何よ。普通に、公爵令嬢よ。どこからどう見ても気品が溢れてるでしょ？」

彼女は腰に手を当て見せびらかすように胸を張る。

あー、うん。そうだな。

俺は引き攣った笑みを浮かべる。彼女への返答に困ったためだんまりとさせてもらった。

俺のだんまりに不服そうに彼女はこちらを見てきた。

「何か言いたげね」

「いや、特には。それより、見つかる危険があるならやっぱりやめるか？」

俺としては一緒に来てほしい。

「大丈夫よ。まあ、バレてもうまく誤魔化すわよ」

「……そうか」

ニンがいないと、回復役がいなくなる。彼女にはなんとしてもついてきてもらう必要があった。

良かった。

ほっと胸を撫で下ろしていると、ニンが首を傾げた。

「残りのメンバーはどうするのよ？」

残り、か。候補自体はたくさんいる。

ただ、戦力を上げるという意味で考えると――。

「今の候補は、マリウス、リリア、リリィ、アモンだな」

「あら、ルナはいいの？　来たがるんじゃない？」

「それはあるかもしれないが、ホムンクルスをまとめるのに必要だと思ってな」

まだ、完全に打ち解けたわけじゃないんだ。ルナには村の人たちとの橋渡しになってもらいたかった。

どちらからも信頼されている彼女は置いていったほうがいいだろう。

それに、色々と不安を抱えている可能性もある。

ルナにはアバンシアの管理のほうをお願いしたかった。

「でも、アモンは大丈夫なの？　また、魔王の迷宮とかだったら戦力にはならないかもしれないわよ？」

魔王の迷宮だと彼女は本来の力を出せないと話していた。

それはマリウスもそうらしいが、マリウスの影響力は少ないようだった。

　だから、アモンやマリウスを連れていくのは多少リスクがある行為でもあるかもしれない。

「そうだけど、まあ、その時はまた向こうで考えればいいだろう」

　一度アバンシアに帰還し、立て直すこともできるはずだ。

　……それに、アモンは味方をしてくれてはいるが元々魔王なんだ。

　さすがに彼女を監視下に置いておかないと、何かあったとき大変だ。

　ニンが背筋を伸ばしてから、クランハウスの外へと向かって歩いていく。

「そうね。とりあえずあたしはリリアとリリィに話をしてくるわね」

「わかった。俺はマリウスとアモンに話してくる」

「了解。それじゃあまたあとでね」

「ああ」

　ニンとともにクランハウスを出て、お互い別の道へと向かった。

第二十一話　王都への出発

俺はマリウスとアモンを探すため、村を歩いていた。

二人なら迷宮か村内にいるだろう。

歩いていると、ホムンクルスたちを発見した。中にはルナの姿もあった。

ルナの目がぱっと輝き、こちらへとやってくる。

「マスター、お疲れ様です」

ルナがぺこりと頭を下げると、他のホムンクルスたちも頭を下げてきた。

皆がまるで王様にでもするような調子で頭を下げてくる。そこまでされるのには慣れないため、つい苦笑を浮かべてしまう。

「お疲れ様。この中にマリウスかアモンを見かけた人はいないか？」

目撃情報があれば、すぐに会うことができる。そう思って問いかけたのだが、皆が首を横に振った。

ルナも小首を傾(かし)げ、口を開いた。

「マリウス様とアモン様ですか……私は見ていませんね。何かあったのですか？」

「それが――」

俺は先ほどベルトリアから聞いた話をルナにそのまま伝えた。

すると彼女は悩むように顎に手を当てた。

「迷宮攻略……ですか。私は、行かなくても……良いのですか？」

ちょっと寂しそうにしている。

これはまずい。きちんとそうなった理由についても話さないと。

「……一応それも考えてはいたんだけど、まだホムンクルスのほうも落ち着いていないからな」

こそことルナに耳打ちするように話をする。

ホムンクルスたちに聞かれないようにだ。彼らが気にしてしまうかもしれない。みんな、優しい子たちだからな。

「……確かに、そうですね」

「この役目はルナにしか任せられないんだ。……頼めるか？」

何かあったとき、ルナがいたほうがホムンクルスたちも相談しやすいだろう。

落ち込んでいたルナだったが、次にはぐっと拳を作り、嬉しそうに微笑む。

「わかりました！　ですがマスターと離れるのは少し寂しいですね」

「そうか。俺がいない間、村とマニシア、そしてクランを頼むな」

「はい、お任せください」

ルナがすっと頷いた。

彼女は頼りになる。俺は彼女の肩を叩いてから、再び村を歩き始める。

どうでもいいときはすぐに見つかるのだが、こういう話をしたいときに限って中々見つからないものだな。

頭をかきながら歩いていると、とんと肩を叩かれた。

「お疲れ、ルード。どうしたの？」

振り返るとフェアがいた。彼女の隣にはサミミナの姿もあり、すっと丁寧に頭を下げてきた。

彼女らもホムンクルスだ。

フェアは笑顔で、サミミナは澄ました顔ではあったが、初めて会ったときに比べて敵意は感じない。

「ちょっとマリウスとアモンを探していてな。あの二人、見かけていないか？」

「あっ、それならさっき見たよ。村の外に二人で向かっていったよ」

「仲良いな」

「決闘するって」

前言撤回。

「……どこに行った二人は」

「果樹園のほうに向かったかな？　ね、サミミナ」

「はい、そうでしたね」

あの馬鹿たちは……。

あの二人、あまり仲が良くないため、わりといつも喧嘩をしている。

村内で戦うのは禁止しているが、だからって村の外で喧嘩していい理由にはならないぞ。

「ありがとな、二人とも。それじゃあちょっと行ってくる」

「……そういえば、この国の騎士のお偉いさんが来ていたんだよね？　だ、大丈夫だった？」

フェアが不安げにこちらを覗きこんでくる。自分たちの話ではないかと思っていたようだ。

俺も初めはそう思っていた。

「とりあえず、問題はなさそうだった。安心しろ、何があっても守るからな」

俺がフェアとサミミナにそう言うと、彼女らは顔を見合わせてから照れ臭そうに視線を外した。

「わ、わかりました――急いでいるのですよね。早く行ってください」

「……あ、ああ」

サミミナが冷たく言い放ってきて、こちらをじっと睨(にら)んできた。

また敵意を持たれてしまったのか？　前の戦いで距離が縮まったと思っていたんだが。

とにかく今はマリウスとアモンだな。

「もう、サミミナ、恥ずかしいからってあんな風に突っぱねなくても」

「……そうではありませんよ」

去り際、二人がそんな会話をしていた。

……ああ、なんだ恥ずかしがっていただけなのか。

そう言われると、俺も恥ずかしくなってきてしまった。ちょっと、かっこつけすぎてしまっただろうか。

それから、俺は自宅へと向かう。装備品は家に置いていたからだ。

家に戻ると、マニシアが料理をしていた。スライムのライムの姿もあり、食器などをテーブルに運んでいた。

「あれ、兄さん？　戻るの早いですね……どうしたんですか？」

彼女のアホ毛がピンと跳ねた。嬉(うれ)しそうに微笑(ほほえ)む彼女に、俺もついつい頬が緩む。

いつ見てもマニシアは可愛(かわい)い。

もうマリウスとアモンのことは放っておいてこのまま家にいたいくらいだ。

いようかな？　いやいや駄目だ。

ニンにも協力してもらっている以上、無視するわけにもいかない。

「ちょっと外に出る用事ができてな。装備品を取りにきたんだ」

自分の部屋に立てかけられていた剣と白い大盾を身に着ける。

「そうですか。気を付けてくださいね」

「……ああ、わかってる。行ってくる」

ライムも手のような形を作って手を振ってくる。

二人に片手を上げるようにして返してから、村を出た。

あの二人が本気で喧嘩（けんか）していたら、俺もそれなりに装備を持っていないとどうしようもないからな。

果樹園のほうに近づくと、マリウスとアモンの姿を見つけることができた。中には入らず、二人は果樹園前で戦っていた。

その周囲にはギャラリーもできていた。アバンシア迷宮に挑戦しようとしている冒険者たちだろうか。

「オレはアモンちゃんに賭けるな！」

「いやいや、マリウスだろ、これは！」

「アモンちゃん、やれー！　俺の全財産がかかってるんだぞ！」

「マリウス様がんばってー！」

お、おい。

すっかり見世物になっているじゃないか……。

マリウスが刀を振りぬくと、アモンがそれを扇子で受け止める。防がれたマリウスは、しかしそこまでは予想通りだったようだ。

魔力を体に纏うと、それまで以上の加速でアモンへと迫る。アモンは少し驚いたような表情でマリウスに風魔法をぶつけた。

きんっ、と攻撃が弾かれながらも、マリウスは空中で反転し、すぐさま着地し、アモンへと迫る。

「ほぉ……また一段と腕を上げたようじゃの」

「ふんッ！　その余裕、いつまで続くかな！」

……どうするか。

どこで止めに入るかな……。

わりと本気でやりあっている二人に呆れながら様子を窺っていると、こちらに気づいたギャラリーの一人が声をあげた。

「おい、ルードだ！」

「おっ、第三勢力参戦か⁉」

違うから。

こちらにアモンとマリウスも気づいたようだ。アモンがのんきな様子で扇子を持っていないほうの手を振ってきた。

「おー、ルードじゃ。どうしたんじゃ？　戯れにきたのかえ？」

「ルード、待っていてくれ！　今はこいつと戦っている最中だからな！」

戦うつもりはないからな？

「違うから。二人ともちょっと相談したいことがあるんだ。一度手を止めてもらってもいいか？」

そう言うと、二人は顔を見合わせてから、とりあえずそれぞれの武器をおろしてくれた。

良かった、言うことを聞いてくれて。ギャラリーたちをちらと見ると、彼らはぶつぶつと俺に文句を言いながら去っていった。

娯楽に乏しいからといって、決闘を見過ごすんじゃない、まったく。

「それでなんだルード？　わざわざ決闘を中断したんだ。変な頼みだったら怒っちゃうぞ」

マリウスが刀を鞘(さや)に戻しながら、首を傾(かし)げる。

「騎士団長が先ほど来てな……王都に新しい迷宮が発見されたらしい。それも一階層からかなりの高難易度だそうだ」

「……一階層からかなりの高難易度の迷宮じゃと？」

ぴくり、とアモンが眉尻を上げる。

魔王のアモンならば、迷宮に関して何か知っているのかもしれない。

潜る前に、何かしらの情報が手に入るのならば嬉しい限りだが。

「何か知っているのか？」

「そんな迷宮作っても、誰も冒険者が来んわ！」

「……」

迷宮管理に不満があるようで、ぷりぷりとアモンは怒っている。頬を膨らませているアモンは放っておくとして、マリウスを見る。

彼は目を輝かせていた。

「もしかしたら馬鹿な魔王がやってきたのかもしれないな！　オレたちの手で仕留めようじゃないか！」

つまり、協力してくれるということでいいのだろうか。

でも、本当に魔王だったらな。

マリウスも影響は少ないとはいえ、全力は出せないかもしれない。

「一応、アモンにも協力してもらおうと思ったんだが……もしも魔王の迷宮だったら大変か？」

「……いや、なんとかなるかもしれんのぉ」

「……え？　どういうことだ？」

「わしも、どうやら人間の気に近いものに変化し始めているようなんじゃよな」

「……ん？」

よく意味がわからない。アモンは扇子を開き、口元を隠した。

どこか考えるような表情で、ぽつりぽつりと言葉を口にする。

「前に迷宮が関係していると話したじゃろう？　それはこの魔の魔力が影響しているからでもあるんじゃが……どうにも、ここで人間のように生活していたせいか……体が多少変化してきているんじゃよ。それを確かめるためにも、ここでわしは今決闘してみたんじゃ」

ちら、とアモンは迷宮があるはずのアバンシアの果樹園へと目を向けた。

な、なるほど。いつものように何も考えていない決闘ではなかったようだ。

疑ってしまって悪かったな。

「その結果はどうだったんだ？」

「うむ。確かに、影響は受けるが前よりもその影響が少ないように感じるんじゃな。人間らしい生活を送っていたからか、多少魔力が変化したようなんじゃ。これは大発見じや！」

「そうか……人間らしい生活、か」

俺はアモンの生活を思い出す。

「毎日のようにごろごろして、たまに魔法の指導に行く生活を人間の生活、と言われるのは少し不満があるんだけど」

「ありゃ？　そうかえ？」

アモンは扇子を閉じ、ぺろり、舌を出す。

……アモンは怠け者だ。

人の家に来たと思ったらずっと寝ていて、食事の時間になったら目を覚まし、食事だけしてまた寝る。

みたいな生活を送っているときがあった。ちなみにマリウスもたまにそれをやる。

はっきり言って、それが人間の生活とは思われたくなかった。

マリウスがこちらを見てから、ふふんと笑った。

「なるほど、つまり、オレが落ちこぼれているとかいうふざけたことを理由にしていたが、それは別に関係ない、というわけだな？」

アモンに言われたことを根に持っているようだ。

「いやまあおぬしは落ちこぼれじゃけどな」

「なんだと⁉」

マリウスが声を荒らげ、アモンを睨む。

アモンはすっと移動してきて、俺の後ろに隠れた。それから、背中に飛び乗ってきて、にやりと笑う。

「というわけで、わしも前回よりは多少戦えるようになっておるじゃろうしな。それに……王都には行きたいと思っていたからの」

意味深な様子で彼女は言った。

何か王都にあるのだろうか？

「どういうことだ？」

「王都なら、世界中から美味しいものが集まっているじゃろ！　わし、食べたいんじゃよ」

目を輝かせながら、そう声をあげる。

……ああ、そうですか。

俺は能天気すぎる彼女に半分呆れながら、頷いた。

「それじゃあ、アモンとマリウスも参加するってことでいいんだな？」

「わしはもちろんじゃ」

「オレも行くぞ。前回は結局魔王とは戦えなかったからな」

マリウスがにこりと笑みを浮かべ、刀を腰に戻す。

やる気十分な彼は頼もしい。

色々と思うところはあるが、二人が協力してくれるのなら心強い。

「そうか……了解だ」

とりあえず、これでメンバーは確定か。あとはニンの状況を確認しておこうか。

「それじゃあしばらくここには戻ってこられないかもしれんし、わしは迷宮でも見にいこうかの」

アモンはふわーっと風魔法で迷宮のほうへと向かっていく。

マリウスはあくびをしてから大きく伸びをする。

「オレは少し村の子どもたちに指導でもしてこようかな」

「じゃあ、一度村に戻るか」

マリウスはこくりと頷く。俺は彼とともに村へと戻っていった。

○

クランハウスに着くと、そこにはリリアとリリィの姿があった。ニンも一緒だ。

二人がここに来たということは……何かしら今回の王都行きの件で話があるということ

だろう。

できれば、二人にも来てほしいところだ。

リリアとリリィが来られないとなると、次の候補はルナとサミミナとなる。

できれば、ホムンクルスたちをまとめられる人たちには残っていてほしい。

そんな不安を抱えていると、リリィがぺこりと頭を下げてきた。

「お疲れ様ですよ、ルード」

リリィはのんびりとした調子でそう言い、リリアはどこか考えるような目でこちらを見てきた。

「ルード、聞きたいことがあった」

「迷宮の件か？」

「うん。どゆこと？」

「ニンから聞いたんじゃないのか？」

「詳しく」

「……何でも、王都で新しい迷宮が発見されたらしくてな。その攻略依頼がこのクランに来た、というわけだ。それで、もしも必要ならギルドの二人も誘っていいと言われて、な……。信頼できる戦力として二人にも協力してほしいと思ったわけだ」

「ふふん、そういうことですか。このリリィの力、必要ならばお貸ししますよ！」

リリィがふふんと誇らしげに胸を張っていた。

リリアがちらとそちらを見てから、腕を組む。

「少し、考えさせてほしい」

「……何か用事があるのか？」

「もうすぐ、リリィの誕生日」

「それおまえの誕生日でもないか」

双子なんだからな。

「私はどうでもいい。でも、リリィの誕生日を全力でお祝いしないと。迷宮攻略している暇は――」

そ、そういうことか。

誕生日と言われると、確かに少し強制しにくい。

妹の誕生日に全力になるというのも、同意できる理由である。

仕方ない。今回は二人は諦めようか……。そうなると、ルナとサミミナあたりに協力してもらって――。

「でもでも、私王都で誕生日祝ってほしいですお姉ちゃん！」

「ルード、攻略行く」

「……」

変わり身が早すぎる。

「そういうことだから、私たちは準備しておくから。行くときに言って」

「はい、ルード。私たち、誕生日ですから期待して待っていますよ！」

「……あ、ああ」

誕生日、か。

プレゼントも用意しておかないとだなぁ。王都で探そうか……。

二人がクランハウスから去っていき、ニンがこちらを見てきた。

「というわけよ。そういえば、もうすぐ二人は誕生日だったわね」

「そうだな。プレゼントとかどうする？」

「それも悩みなのよねぇ……二人とも別に金銀財宝とかそういう欲しいものがあるわけでもないし」

「……しいてあげるなら、二人で一緒に過ごせるのが一番の幸せっぽいよな」

「ね、だから難しいわよね。下手にお誕生日会とか開いたら、それはそれで二人の邪魔をしてしまいそうだし……。どうしよっか？」

「王都についてから考えよう。とりあえず、マリウスとアモンも誘ったけど問題なかった。これで、六人は揃ったな」

パーティーのバランスも悪くはないだろう。

俺がタンクで、マリウスとリリアが前衛を。リリィとニンが後衛で攻撃と支援と回復。そして、アモンには遊撃として動いてもらえる。近接もできるし、遠距離から魔法も使えるからな。

「そうね。あとは、迷宮の難易度がどのくらいかって話よね」

「……そうだな」

多少の難易度ならば、騎士たちだって攻略できる。

一階層からおかしな難易度、というのだから……よっぽどなんだろうな。

「そうだニン。もしかしたら長い間村をあけることになるかもしれないから、一度迷宮に行って迷宮の管理とかをしておきたいんだ。協力してもらってもいいか？」

俺の外皮を削り、迷宮にポイントを集める。それをニンに協力してもらってやるつもりだった。

「またアモンが怒るんじゃない？」

「まあ、その時はその時だな……」

怒りそうだよなぁ。アモンはかなり迷宮に関しては口うるさい。何か誇りのようなものを持っていたからな。

それでも、楽にポイントを回収できるのだから、やらない手はない。

俺はニンとともに、再び村の外へと出た。

○

迷宮へと到着した俺たちは、それから迷宮の管理を開始するため、まずは管理室へと移動する。

管理室には久しぶりに来たのだが、随分と雰囲気が変わっている。

なんか部屋自体が改造されている。前よりも小物が多く置かれている気がする。

明確にマリウスの部屋、アモンの部屋と書かれた扉がある。アモンの部屋は厳重に鍵付きだ。

「ん？　どうしたんじゃ、ルード」

キョトンとした様子でこちらを見ながらアモンが首を傾(かし)げてきた。

彼女はちょうどいま迷宮の様子を見ていたようだ。池のようなそこを覗(のぞ)き込んでいる。

「しばらくアバンシアに戻ってこられないと思ってな。その前に迷宮の管理を行っておこうと思って」

「おお、なるほどのぉ……ま、まさかまたあのイカサマみたいな方法でポイントを稼ぐつもりかえ？」

ちらちらとニンのほうを見ている。ニンがいるから、そういう発想が出てきたのだろう。

アモンはどこか不服げな顔をしている。

「まあ、そんなところだな」

アバンシアに訪れる冒険者では、高ランク冒険者なども増えてきていた。

そのため、より強い魔物を用意しておきたいとも思っている。

目標としてはAランクほどの魔物だろうか。

俺は一度、モンスターを召喚するための魔導書を確認する。

ガチャという機能があり、それを用いればランダムではあるがAランクモンスターを準備できる。

迷宮の管理に慣れているアモン曰く、よほどのことがない限り、このガチャを駆使してモンスターを獲得していけばいいようだ。

Aランクモンスターをより高階層に配置しておけば、腕っぷしに自信のある冒険者たちも満足することだろう。

ガチャでAランクモンスターを手に入れるには、十万ポイント必要になる。

普通に稼ぐのであれば、大変だ。

しかし、こちらにはアモンが言うイカサマがある。

十万ポイントくらい、稼ぐのは大変ではない。

俺はニンと魔物を一体引き連れて、現時点で最高の階層である三十階層へと向かう。

連れてきた魔物はフィルドザウルスだ。

俺たちがこちらへと到着すると、アモンも一緒についてきた。

それから、俺は自分の外皮をフィルドザウルスに攻撃させた。

俺の外皮は９９９９ある。この外皮は今のところ最高の数値らしく、俺に並ぶ人はいない。この外皮が削られた分が、そのまま迷宮のポイントとして加算される。

迷宮の管理者たちは、このポイントを稼ぐために冒険者たちの外皮をうまく削るそうなのだが……まあ、その冒険者が管理者ならばこんな風に稼げてしまうというわけだ。

これがアモンの言うイカサマだ。

俺が外皮を削らせていると、アモンが口を開いた。

「今日は魔力の訓練はしないのかえ？」

……魔力。外皮とは違った、魔物たちが持つ力だ。人間が魔法を使う場合に消費する魔力とはまた違った力だそうだ。

迷宮の管理者になったからか、それとも別の理由があるのか。とにかく俺は、人間の力と魔物の力のどちらも使用することができる。

この力は便利だ。身体能力を強化することができるし、多少の探知も可能だ。

しかし……それだけではないことも、前回の魔王グリードとの闘いでわかっていた。

この力は、制御できなければ暴走してしまう。

だからこそ、俺は使うのを少しためらっていた。前回、ニンがいなければ俺はそのまま魔物になってしまっていたのではないだろうか？

「アモン、魔力の暴走について知っていることはないか？」

「おぬしがグリードと戦ったときに起きたやつじゃな？」

「……知っていたのか？」

アモンは迷宮内まではついてきていなかった。だから、知っているとは思わなかった。

驚いて問いかけると、彼女はいつもの調子で扇子を揺らす。

「ああ、感知できたんじゃよ。新しい魔族……いやおぬしの場合は魔人か。魔人が誕生したのかと思ったんじゃよ」

「……魔族と魔人の違いなんてあるのか？」

「簡単じゃよ。魔物が知能を持ち人間の姿へと進化したのが魔族。魔人は、魔人との間に生まれた子か、あるいは人間からの進化が魔人じゃ」

「……人間の。アモンはどっちなんだ？」

「わしみたいなプリチーなものはだいたい魔人じゃよ！」

にこーっとアモンが笑っている。

プリチー、かどうかはおいておくとしてそれで判断できるかはわからない。

アモンも魔人、か。

「少し気になったんだが、魔人っていうのは自然に発生したのか？」

「どういうことじゃ？」

「すべての魔人の始まりについて気になってな。……魔人が生まれ、その子どもたちも魔人として生まれ、そうして種として繁栄してきたのか。……それとも、俺のように人間が魔の力を取り込みすぎた結果魔人となったのか。少し気になってな」

すべての始まりが、自然発生した魔人なのか、それとも人間からなのか。

「人間からの変化じゃな」

「そう、か」

アモンはあっけらかんと言ったが、これは結構なことなのではないだろうか？

「魔人か人間かの違いは何があるんだ？」

マリウスだって何もしていなければ普通の人間と変わらない。

だから、違いで何か明確なものがあるのだろうかとふとした疑問だ。

「まあ、人間からすれば変わらぬじゃろうな。わしはプリチーな女の子じゃし、マリウスは変な男じゃろうからな」

それ聞かれたらマリウスが怒るぞ。

アモンは扇子で片手を叩きながら言葉を続ける。

「じゃが、わしらからすれば一目瞭然じゃ。人間にはわからぬかもしれぬが、わしらならば魔力を探知すれば魔の力を持っておるかはわかるの。そしてルードの力は、人間の力によって隠れておるためか、わしもよーわからんのじゃ」

「そうか」

「まあ、どちらにせよ。使いこなしたいのならば、今後も日常的に使用していくしかないんじゃないかの？　最悪、魔の力ならばそこのニンが解除できるし、何とかなるじゃろ」

暴走したときも、ニンに助けてもらったからな。

……多少、思うところはあるが、あの力は確かに強力なものだ。

制御できるように訓練しておくことは決してマイナスにはならないだろう。

これから先、もっと強い相手とも戦う必要があるかもしれないんだからな。

フィルドザウルスでポイントを稼ぎながら、俺は少しずつ魔力による身体強化の練習を行っていく。

ポイントが目標の数値をいくらか超えたところで、管理室へと戻る。

フィルドザウルスが疲れた様子でいた。お疲れ様、と労（ねぎら）うように頭をなでておいた。嬉（うれ）しそうにフィルドザウルスが体をこすりつけてくる。

「アモン、魔物の管理は任せてもいいか？」

「おう、任せるんじゃよ。完璧な迷宮にしてやるんじゃよ」

アモンが嬉しそうに笑う。

ポイントの獲得方法に関しては思うところはあるようだが、そのポイントの活用に関しては特に不満をぶつけてくることはないようだ。

俺はアモンに作業を任せ、ニンとともに迷宮から出た。

帰り道。ニンが口を開いた。

「この前のやっぱり気にしているの？」

「……まあな。下手(へた)をしたらみんなを巻き込んでいたかもしれないからな」

「それでも、あの力がなかったらもっと酷(ひど)い状況にだってなっていたかもしれないわよ。積極的に暴走しろとは言わないけど、そんなに気にしすぎるんじゃないわよ」

「ニン……」

「それに、万が一暴走したら何度だって元に戻してやるわ。だから、気にしなくていいわよルード」

バシッと背中を叩かれる。彼女がにっと笑ってみせる。

頼もしい限りだ。彼女の言葉に救われた気がする。

改めてニンに感謝しつつ、俺は村へと戻った。

〇

ベルトリアから迷宮に関しての話を聞いてから、三日ほどが過ぎた。

一週間と多目に予定は確保していたのだが、皆の準備が終わったため今日王都に向かって出発するということになった。

準備を整えた俺たちは、ベルトリアが用意した馬車の前に並んだ。

振り返る。

後ろを見ると、そこにはルナやマニシアたちがいた。俺たちの出発を見送ってくれているというわけだ。ホムンクルスや村の人たちも見送りに来てくれている。

俺の視線に気づくと、彼女らは微笑を浮かべた。

「兄さん、頑張ってくださいね」

マニシアが手を振ってくる。この笑顔を俺はこれから数日、いや下手したらもっと見られなくなる。

お兄ちゃん、迷宮攻略に行きたくなくなってきてしまったよ。

しかし、その感情をぐっとこらえる。決意を込めた後、俺は頷いた。

「……ああ、もちろんだ」

「こちらはきちんとやりますから、気にしないでくださいね」

マニシアがそう言うのなら安心だ。ルナもこちらに一歩近づいてから、口を開いた。

「私も頑張ります」

ルナとマニシア。二人がいれば問題はないはずだ。

「二人とも、村のことよろしく頼むな」

それから視線をサミミナとフェアに向ける。二人もこくりと頷いてくれた。

彼女らに任せておけば問題はないだろう。

視線を皆に向けたところで、村の人たちがどこか嬉しそうに口を開いた。

「それにしてもルードは凄いな……」

「まさか国から迷宮攻略の依頼をされるなんてな！」

村の人たちがそんな風に話してくれているのが嬉しい。

「頑張ってきます」

そう短く答える。

彼らの期待に応えられるように頑張らないとな。

俺は皆に別れを告げるように頭を下げた後、馬車へと乗り込んだ。

すでに、迷宮攻略のメンバーは乗り込んでいる。

子どものようにはしゃいでいるのはリリィとマリウス。

二人は馬車の窓から外を眺めていた。

やがて馬車は動き出す。からから、と車輪が回り、馬の嘶き声が響く。御者は騎士のほ

うで用意してくれた。

馬車が王都を目指して出発する。

俺たちが椅子に腰かけていると、アモンが俺の肘をつついてくる。

「なあ、ルード。王都とはどのような場所なんじゃ!? わし、実は一度も入ったことがなくての！」

「……そうだな」

なんと答えれば良いのだろうか。

目立つものが色々あるし、人の出入りも激しい。

まあ、アモンの知りたい情報はおそらくそういったことではないだろう。

「物や人の出入りが激しいから、アモンの気に入る食べ物もたくさんあるだろうな」

「ほほぉ！ それは楽しみじゃな！」

「ただ、その分値段も高いけどな」

「それは大丈夫じゃ。ルードが出してくれるんじゃろ？」

「自分で稼いでくれ」

俺が突っぱねると、アモンはむすっと頬を膨らませる。

「金を稼ぐといえば、闘技場などもあったな？ あれに出場すれば、強いやつとも戦えるんだろ？」

マリウスもどこかで王都について調べたようで、そんなことを言ってくる。

闘技場か。それも一つの候補ではあるだろうが。

「あれは外皮が壊れるまで戦うんだよ。……マリウスは参加できないぞ」

外皮持ってないからな。魔力で似たようなことはできるようだが、ばれたら大変だ。

「そうか……それは残念だな」

しゅん、と落ち込んだ様子でマリウスが肩を落としている。

「稼ぐっていうのならカジノがあるわよ。久しぶりに行きたいわね！」

「カジノというのは確か、金をかける場所じゃったな？」

「そうよ。ま、軽く遊ぶくらいなら楽しいわよ。たまにのめりこんで破産している人とかもいるけどね」

俺はあまり賭け事は好きじゃない。ニンの言う通り、息抜き程度で遊ぶにはいいのだろうが。

「皆さん、遊びのことばかり考えていますね。ダメですよ。今回は迷宮攻略なんですから」

リリィがびしっと指を立ててそう言った。

おお、珍しくリリィがいいことを言ったな。

確かにその通りだ。みんな気が抜けているんじゃないか。

リリィを見習ってほしいものだ。一番子どもっぽい彼女がこう言っているんだからな。

……まあ、一応リリアとリリィは俺やニンよりも年上ではあるんだけど。

そんな彼女のポケットから一枚の紙が落ちた。それをニンが拾い上げる。

「王都に着いたら行きたい場所……ねぇ」

にやり、とニンが笑ってみせる。

「か、返してください！」

リリィが顔を真っ赤にしてニンから紙を奪い取る。にやにや。

ニンがからかうように見ていると、リリィがリリアに抱き着いた。

「お、お姉ちゃん！　ニンがいじめますぅ！」

リリアがきっと目を吊(つ)り上げる。

「ニン、あんまりリリィをいじめないで」

「別にいじめてないわよ。二人はどこに遊びに行くつもりなの？」

ニンが首を傾(かし)げると、リリアが小さく息を吐いてから言った。

「元々、巨大図書館に行きたかったけど。……そこがまさか迷宮の発生地なんて」

リリアの言う通り、迷宮が発生したのはなんと巨大図書館だ。

王都には国内にあるすべての本を管理しているといわれる巨大図書館がある。

この国ができ上がったときからあるとされるその巨大図書館に、迷宮の入り口ができてしまったらしい。

一部の階級の人間しか入れないとされる巨大図書館は、現在完全封鎖中。今のところ魔物が外に漏れだすということはないが、いつ何が起こるかわからない。

このままでは、調べものをしたい学者にも不都合が出るため、急いで迷宮攻略をしたいという話だった。

「しかし、一階層からAランク級のモンスターを配置するなんて、まったく迷宮の管理というものを理解しておらんな！」

ぷんすかアモンが怒っている。そこに対して怒るのはまた違うのではないだろうか。

「そういうものなの？」

リリアの問いかけに、アモンが口を開いた。

「ああ、そうじゃよ。おそらくじゃが、特に理性などを持たない魔族が迷宮の管理者になったんじゃろうな。じゃからそんなつまらない迷宮になってしまっているんじゃよ。説教せねばな」

アモンの言葉に苦笑を浮かべつつ、俺は息を吐いた。

一体どれほどの難易度の迷宮なんだろうな。

難しすぎないことを祈るしかなかった。

第二十二話　図書館迷宮

数日馬車での移動を行うと、王都が見えてきた。

時刻はまだ朝早い。

にもかかわらず人の出入りは激しい。

商品などの納品だろうか？　多くの人々が出入りしていて、それだけでも活気にあふれている町なのだとわかる。

円形の防壁は、どんな魔物の侵入も防ぐだろうほどに分厚く強固だ。東西南北にある門からしか、中へと入ることはできない。

その四か所の入り口に、続々と馬車が向かっている。商人、あるいは旅人だろう。

とにかく、人の出入りが激しい。アバンシアで、こんなにたくさんの人を見たことはなかったので、驚きが多かった。

俺たちもそのたくさんの馬車の一つだ。

騎士団の馬車であってもそれは変わらない。まあ、注目はされているようだが。

王都に出入りする荷物はすべて入り口にて確認される。スキルを持った騎士、あるいは依頼された冒険者がその役目を担っている。

俺たちの番となる。御者が説明すると、すんなりと通ることになった。荷物などの確認もされない。あっさりだ。

「ふふふ、魔王が侵入に成功したのじゃよ」

アモンがそんなことを言っている。

「悪さするなよ」

少し睨(にら)みつけてそう言うと、アモンはぺろりと舌を出した。

「わかっているんじゃよ」

本当に大丈夫だろうか。

今さらながら、結構なことをしているのだと思ってしまう。

アモンとマリウスはこの国から見れば敵側の存在だ。それをこうして招き入れてしまっているんだからな。

これじゃあ俺が国を陥れようとしていると思われても仕方ないような。

しかし、彼らがいなければ迷宮攻略も難しい。

馬車は王都内を進んでいく。

敷き詰められたように建物が建ち並んでいる。最近では人の増加もあって、家が圧縮されるかのように建築されていっていた。

王都で生活するのは一つの自慢になるため、わざわざ王都で暮らそうとする人も多い。

教育機関や安全面もほかの街と比較すればレベルが高いほうでもあるし。

けれど、こうした狭い空間で過ごさなければならないのだと思うと、俺はアバンシアのような村でのんびり生活するほうがいいなと思ってしまう。

人それぞれ、ではあるだろうが。

馬車はやがて騎士団の詰め所に到着した。そこで俺たちは馬車を降りた。

騎馬で同行していたベルトリアが馬を降りてこちらにやってきた。

「ここまでの長旅、ご苦労だった。これが、巨大図書館に入るための許可証になる。なくさないようにな」

差し出された許可証を受け取る。

全員にそれを配ったところで、ベルトリアが再び口を開いた。

「とりあえず、今週中までに大まかな状況報告だけはしてほしい。攻略は可能そうか、最下層はどのくらいになりそうかだけでも構わない」

「わかりました」

受け取った許可証をしまっていると、ベルトリアがゆっくりと話しだした。

「今日は長旅の疲労も残っているだろう。宿は隣に六人分確保してある。そちらを自由に使ってくれ」

「わかりました」

騎士団の詰め所からちらと隣を見ると、冒険者が借りる宿よりも数倍は高級そうな建物があった。そこが俺たちの宿だ。

……こんな場所まで用意してもらっている以上、何かしらの結果を残せないと大問題だよな。

とはいえ、ベルトリアが話しているように今日すぐに挑戦するつもりはない。さすがにここまでの旅の疲労が皆も少なからずあるだろう。

挑むならば、万全の状態にしておきたかった。

俺は皆を見てから、息を吐いた。

「今日は自由時間にしよう。明日の朝、迷宮攻略に向かう。体調だけは万全の状態にしておいてくれ」

酒とか飲んで二日酔いになるなよ、と。

そんな風に釘をさしてから、解散となった。

一度皆は荷物を置くために宿へと向かう。俺も同じだ。

各自与えられた部屋へと入る。部屋を六つ用意してくれたようだが、リリアとリリィはいつもの通り同じ部屋にいる。

というわけで、一室余ってしまった。まあ、別にいいけどさ。

ベルトリアに二人部屋を用意するように頼めば良かったな。

部屋に着替えなどを置いていると、扉がノックされた。

誰だと思って外へと出ると、マリウスがいた。

「どうした？」

マリウスは両手を頭の後ろにやり、にやりと笑う。

「暇だからギルドにでも行って依頼でも受けないか？」

そういえば最近はそういった冒険者らしいことはしていなかったな。

俺の冒険者ランクは、なんだかんだ言ってAランクまで上昇していた。迷宮攻略などが評価された結果だ。

マリウスも同じくAランクだ。共に向かえば、それなりの依頼は受けられるだろう。

「疲れはないのか？」

「はは、何もないさ。それとも、ルードは疲れがあるのか？」

「いや、俺も大丈夫だけど。わかった。行くとしようか」

明日のための準備体操、そんなつもりで了承すると、

「それならば、わしも同行してよいかの？」

扇子を広げたアモンがこちらへとやってきた。

俺は別にいいんじゃないかと思ったが、マリウスが顔をしかめる。

「一人で行けばいいだろう」

冷たく突き放すマリウスに、アモンが満足げに頷く。

「そうか、ではわしとルードの二人きりというわけじゃな」

「オレが一人ではないわ！」

「良いではないか。わしも、食べ歩くための金が欲しいんじゃよ。それなりのお金稼ぎに参加させてほしいんじゃー」

アモンが両手を合わせ、お願いしてくる。

食べ歩くための金か。

別にそのくらいなら俺も色々お世話になっているのであげるつもりだったが、自分で稼ぐというのであればそれに任せてしまうのもいいだろう。

「わかった。それじゃあ三人で依頼でも受けに行こうか」

答えた後、リリアとリリィ、そしてニンが出てきた。

こちらに気づいたニンが、首を傾げてきた。

「あんたたちどこ行くの？」

「俺たちはギルドで依頼でも受けようと思う」

「あっ、そうなの。あたしはちょっと散歩行ってくるわね」

「……ああ、一応気をつけろよ」

聖女で公爵令嬢様だからな。何かあったとき、狙われやすい立場だろう。

「大丈夫よ。案外みんな気づかないものなのよ」

そうか？　少し心配だったが、ニンだって子どもじゃない。

彼女に任せておこう。

「私たちもちょっと街中で遊んでるから」

「はい、それじゃあお姉ちゃん行きましょうか」

全員で宿を出た後、俺たちはそれぞれの目的地に向かうため、その場で別れた。

ギルドへと向かいながら、アモンは周囲を見てはきょろきょろと楽しそうに首を動かしている。

首がへし折れるんじゃないかというほどに、右に左に彼女は見ている。

「ほぉ……これもうまそうじゃの！　あとでチェックじゃな……！」

アモンは手元の紙に魔力で文字を書き込んでいる。

……あれって確か魔法を使うためのスクロールとかに使う技術だよな。

魔法が使えない人でも、魔力を込めるだけで使えるようにする道具がある。魔力によって魔法の術式を記した物をスクロールというのだが、それを生み出すのにはかなりの時間がかかるといわれている。

魔力で文字を書き、それが消えないようにするのは並の人間ではできないからだ。

アモンはあっさりとそれをやってしまっているが、知る人が見れば結構な問題だろう。

「アモン、あんまり魔力で文字書くな。見つかったら目を付けられるから」

「うむ？　ああ、スクロールのことじゃな。了解じゃ。わしもむやみに傷つけたくはないからの」

ああ、アモンが傷つける側なんだな。

仮に襲われたとしても、アモンは返り討ちにするだろう。

だから、相手側の心配をしているようだ。

「そういえば……どうだ、アモン？　この王都にある迷宮は……魔王のものか？」

王都に来たのだし、アモンやマリウスなら気づいているかもしれない。

そう思って問いかけたのだが、彼女は複雑そうに首を傾げていた。

「うーむ……そんな風にも感じられるんじゃが、なんだかちょっと違うような気もするのお。入ってみないとわからんな」

「そういうこともあるんだな」

「そうじゃな。なんじゃか、変な感じなんじゃよ」

煮えきらない返答だ。

だが、魔王の迷宮である可能性も残っていることはわかった。

気を引き締めて臨まないとな。

ギルドへと着いた俺たちは、それから掲示板へと向かう。

依頼の張り出しは基本的に早朝に行われる。まだそんなに遅くないので残っているかと思ったが、すでに掲示板にはあまり依頼がなかった。

難易度が高いか、あるいは旨味の少ない依頼は残されやすい。

今そこにある依頼も、きっとそのどちらかだろう。

見れば、Aランクのモンスターの討伐依頼だ。

クライムタイガーという魔物を討伐してほしいそうだ。群れで行動している魔物だ。

元々、かなり離れた場所にいた魔物たちらしいが、王都近くの迷宮あたりに縄張りを移動させてしまったそうだ。

そのため、迷宮への出入りが困難になってしまい、討伐に困っているといった様子だ。

数は確認されているもので五体。もしもそれ以上いるなら追加報酬を支払うという依頼だ。

クライムタイガーならば、凄い前に戦ったことがある。多少苦戦するかもしれないが、そのときよりも俺は強くなっているし、アモンやマリウスもいる。

大丈夫だと思う。

「これでも受けるか？」

「ほぉ、クライムタイガーじゃな。別にええんじゃよ」

「……確認したいが、アモンは索敵系の魔法は使えるのか？」

使えないとクライムタイガーを見つけるのは難しいかもしれない。

奴らはかなり活発に行動するため、一度発見された場所に行っても中々見つけることができないことがあるからだ。

「うむ、使えるんじゃよ。ここから索敵してやろうかの？」

「……できるのか？」

「だいたいの位置がわかっておるならの」

凄まじい魔法の範囲だ。見た目はただの可愛らしい少女だが、魔王の一人だもんな……。

「まあ……現地に着いてからで大丈夫だ。この依頼受けようか」

俺は掲示板から依頼書をはがし、受付へと向かう。

それから、ギルド職員に依頼書を手渡すと、心配そうな顔でこちらを見てきた。

「こ、こちらAランクの依頼ですが……大丈夫ですか？　クライムタイガーはかなり強く……その、先日も依頼を受けたパーティーが失敗してしまいまして……」

「ああ、大丈夫だ」

俺は自分の能力を証明するため、ギルドカードを取り出す。依頼を受ける場合、ギルドカードの提示が必須だ。

ギルドカードを手渡すと、女性は目を見開いた。

「る、ルード様!?」

……はい？

俺が困惑していると、受付の女性がぎゅっと手を握ってきた。

「お、お会いできて光栄です！　ケイルド迷宮を攻略したと聞いてからずっとファンだったんです！」

女性は目を輝かせてくる。

まさか、こんなことになるとは思っていなかった。困惑していると、周囲から声が聞こえてきた。

「……おい、あいつファミーちゃんと手をつないでいるぞ？」

「何者だあいつは……？」

「ケイルド迷宮の攻略って……まさか、あのタンクとしてめちゃくちゃ強いルードじゃないのか？」

「二大クランに喧嘩吹っ掛けたってやつか……？」

ざわざわと周囲が盛り上がっていく。

俺のことを知っている人もいるようで、じっと見てくる人もいる。知らない人たちも、俺のケイルド迷宮での話を聞くと、驚いた様子である。

……な、何やら注目されてしまっている。

急いでここから逃げたいと思った俺は受付の女性に苦笑を返してから、依頼書を見せる。

「この依頼、受けてもいいか？」

「は、はいもちろんです！　中々Aランク依頼を受けられる方がいなかったので、お願いします！」

頭を下げてきた受付に、俺は頷いてから、依頼を受領した。

それ以上絡まれても面倒なので、アモンとマリウスを連れ、逃げるように冒険者ギルドの外へと出た。

「なんじゃ人気者じゃな。わしをぶっ倒したことでそんなに話題になっていたんじゃな」

アモンは不満そうである。閉じた扇子で片手の平をパシパシと叩いている。

「……みたいだな。俺も初めて知ったよ」

アバンシアからほとんど出ていなかったので、外での評価は知らなかった。

アバンシアに訪れる冒険者にたびたび声をかけられることはあった。しかし、それはアバンシアにわざわざ訪れる冒険者だから事前に調べてから来ていて、俺のことも知っている人たちばかりだからだと思っていた。

これだけ皆が知っているということは、冒険者の中ではわりと有名人になってしまったのかもしれない。

別に嫌な気はしないが……それで変な嫉妬をされたくはない。俺としては、あまり有名にはなりたくないというのが本音だった。

そんなことを考えながら、街の外へと出た。

クライムタイガーがいるのは東側にある迷宮周辺だそうだ。

そちらへと向かって歩いていくと、足跡を発見した。四つ足の魔物による足跡のように見えた。

クライムタイガーの足跡、で間違いないだろう。

「アモン、索敵を頼んでもいいか？」

「任せるんじゃよ」

彼女は目を閉じた。

扇子を閉じたまま持ち上げる。まるで道を示すように持ち上げられた扇子から魔力が溢れたのがわかった。

溢れ出る魔力量は凄まじい。魔力に慣れていない人間ならば、アモンの周囲に立つだけでも体調を崩すかもしれない。

次の瞬間、彼女は目を開いた。

「あっちにクライムタイガーがいるようじゃな。距離はわりと離れておるの」

「そうか」

聞いていた場所から随分と離れている。まあ、魔物なんだから狩りなどもするだろう。

「ちょうど人が襲われているようじゃ。食事している隙を狙うのがよいかもしれんの」

「よくない、急ぐぞ！」

何を言っているんだこいつは。

ケラケラと笑ったアモンが、風魔法を放つ。

俺の背中をふわりと突き飛ばすように風魔法が包んだ。

どうやら、現地まで運んでくれるようだ。普通に走っていくよりは、このほうが速くたどり着けるだろう。

「お、おいアモン！　オレを置いていくんじゃない！」

後ろを見ると、マリウスがかなり離れたところにいた。

アモンはマリウスには魔法を使っていないようだ。

俺とアモンが先へと向かうと、若い冒険者たちがこちらへとやってきた。

涙ながらに走ってくる。その冒険者たちの背後から、クライムタイガーが迫ってきていた。数は一体か。周囲にもクライムタイガーの姿は今のところはない。

だが、奴らはかなりの脚力を持っている。今周囲に見えなくとも、すぐに合流する可能性がある。

とりあえず、まずはその一体を仕留めようか。

クライムタイガーの全長は三メートルほどだろうか。大きな体をしていて、体はかなり引き締まっている。

冒険者たちを食い殺そうと伸びた牙は、とても鋭利だ。下手な武器や防具なら貫通しそうなほどだ。

俺はすぐに『挑発』を発動する。クライムタイガーがぴくりと反応し、こちらを見る。

「ガァ！」

一度大声で吠えると、こちらへと迫ってきた。思っていたよりも速い。

先ほどまで追われていた冒険者たちが驚いたようにこちらを見てきた。男女の四人組だ。

「あ、危ないですよ！」

悲鳴にも似た声を張り上げた彼女らに、俺は見せつけるように大盾を掲げた。

その大盾とともに、俺は突進する。

そして、クライムタイガーと衝突した。衝撃が俺の大盾を通じ、腕へとくる。

悲鳴をあげたのは、クライムタイガーだ。

「グガ……」

呻（うめ）くように声があがる。俺が大盾で殴りつけると、クライムタイガーはよろめいた。

そこに、風魔法が襲い掛かる。アモンの魔法だ。クライムタイガーの体をあっさりと両断した。

ぴくりとも動かず、倒れたクライムタイガーに、冒険者たちが唖然として口を開いている。

その時だった。

少し離れたほうからクライムタイガーたちが襲い掛かってきた。数は四体だ。仲間がやられたことに気づき、やってきたのかもしれない。

やはり、いたか。

「ぎゃ、ぎゃああ!?」

「も、もうダメだ……おしまいだぁ……!」

冒険者たちが抱きしめ合ってがたがたと震えている。

……そう怯（おび）えなくとも。

俺は再び『挑発』を発動する。クライムタイガーの注意は俺へと一気に集まり、飛びかかってきた。

攻撃をかわし、かわし切れないものは大盾で受け止める。クライムタイガーが煩（わずら）わしそうに吠えたところで、一体の体を風魔法が裂いた。

それによって、注意が俺からアモンへと向かう。それを再びひきつけようとしたところで、もう一体のクライムタイガーが切り裂かれた。

「ははっ！　ようやく追いついたぞ！」

嬉しそうな雄たけびをあげながらがクライムタイガーを切り裂いたのはマリウスだった。

クライムタイガーの二体がやられたことで、形勢が完全に逆転した。

それまで狩りをしていた側のクライムタイガーたちは、明らかにこちらに怯えを見せるようになる。

しかし、逃げることはしなかった。仲間たちをやられた怒りだろうか。俺へと飛びかかってきた。

一撃を大盾で受け止め、はじき返す。よろめいたクライムタイガーをマリウスが切り裂く。最後の一体は、アモンの魔法によって仕留めた。

「……こんなところか」

「なんだあまり歯ごたえがないな」

マリウスは刀についた血を払いながら、少し不満げにそう言う。

……この二人、やはり頭一つ二つ飛びぬけた能力だ。

味方だからいいものの、どちらも敵に回った場合は恐ろしい限りだ。

「これでケーキが食べられるんじゃ！」

アモンにはクライムタイガーがお金に、そしてその先の食料にしか見えていないようだ。

……本来はかなり強い魔物たちのはずなんだがな。

マリウスもアモンも、かなり力を出せている。

迷宮の影響は受けていないようだし、やっぱり王都の迷宮は魔王とは関係ないのだろうか。

それともアモンが話していたように、人間と同じように生活をしている影響なのだろうか。

そんなことを考えていると、冒険者たちがこちらへとやってきた。

「あ、ありがとう……ございます。助かりました……」

まだ驚いた様子でありながら、冒険者たちがお礼を言ってきた。

結果的に助けた状況だったからな。

「気にしないでくれ。俺たちは依頼を受けてここにいるだけだからな」

感謝されるほどのことはしていない。

俺たちはあくまでギルドの依頼を受けて来ただけ。

そういうつもりで伝えたのだが、冒険者たちは驚いた様子で目を見開いた。

「……く、クライムタイガー討伐の依頼ですか？　もうずっと放置されていた依頼ですけ

「……クライムタイガーは段々王都に近づいてきていたので……ぼちぼち騎士団が依頼を受けて討伐するんじゃないかと言われていましたけど……とてもお強いんですね」

冒険者が依頼を受けなかった場合、最終的には騎士団で処理することになっているんだったな。

キラキラと輝いた目で冒険者たちはこちらを見てくる。

そんなに尊敬の眼差しを向けられても困る。

「とにかく、気を付けて帰ってくれ。また助けられるわけじゃないからな」

「は、はい！　ありがとうございました！　救っていただいた命、大事にします！」

そんな大げさな。

冒険者たちがぺこりと頭を下げてから、王都のほうへと向かっていった。

さて、討伐したクライムタイガーはどうしようか。

本来であれば解体して売れる素材を分けるのだが……わりと、綺麗に死体が残っているんだよな。

アイテムボックスに五体分の素材を入れるほどの余裕はさすがにない。俺のはあくまでポーションなどを入れておく用の小さなアイテムボックスだからな。

「……アモン、これ魔法で運ぶことはできるか？　これ全部そのまま持ち運べれば報酬も増えると思うけど……」

困ったときのアモンだ。

報酬が増えると聞いた瞬間アモンの表情が、嬉しそうになる。

「可能じゃよ！　空間魔法を使ってもいいのであれば、いくらでもしまって運ぶんじゃよ！」

空間魔法か。また派手な魔法を……まあいいけどさ。

「わかった。それじゃあお願いしてもいいか」

「任せるのじゃ！　ケーキ、ケーキ、食べ放題！」

嬉しそうに歌を歌いながら、アモンはクライムタイガーを飲み込むようにしまっていく。

異空間を作り出し、そこに魔物をしまっているのだろう。

解体の費用はギルド職員持ちになるが、これだけのクライムタイガーならば解体費用なんて気にならないほどの報酬をもらえるだろう。

あっという間にしまい終えたアモンの規格外の魔法に驚かされながら俺たちは冒険者ギルドへと帰還する。

移動にはそれほど時間はかからなかった。

冒険者ギルドへと戻ると、一気に注目を集めた。

ひそひそとこちらを見ては何やら探るような目を向けられた。

一体どうしたというのだろうか？　その疑問はすぐに氷解することになる。

「ルードさん、先ほどはありがとうございました！」

深々と丁寧なお辞儀をしてきたのは先ほどクライムタイガーに襲われていた冒険者たちだ。尊敬の眼差しとともにこちらを見てくる彼らを見て、ギルドの騒然の理由もわかるというものだ。

耳を澄ませば、俺たちがクライムタイガーを倒したことが話題の中心となっていた。

ここまで注目を集めるとは思っていなかった。

クライムタイガー、そのまま持ってきてしまったんだよなぁ。

解体してから持ってくれば良かった。間違いなく注目されるだろう。

その注目は、俺ではなくアモンに集まるはずだ。

受付へと向かうと、受付の女性が頭を下げてきた。確か、名前はファミーと呼ばれていたか。

見ると、胸元につけているネームプレートにもファミーと書かれていた。

「ルード様、お疲れ様です。クライムタイガーの件、冒険者の方々から聞きました。彼らを救ってくれてありがとうございます。ああ、あなたはもしかしたら神様の遣いなのかもしれませんね。見ず知らずの他者のために命を張れるなんて……なんと素晴らしいお方なのでしょうか……！」

ちょっと怖いんだけど。

熱心な信者のように鼻息荒く顔を近づけてくる。

誰かと役割を変わってほしいと思いながらも、依頼を受けたのは俺なので我慢して話をするしかない。

「クライムタイガー、五体の討伐を行ったが……その死体も運んできた。クライムタイガーなら、それなりの値段で買い取ってもらえるよな？」

さっさとこの状況から脱却するため、用件から入る。

ファミーがにこっと微笑む。

「もちろんです！　クライムタイガーならば、どの部位も素材としては優秀ですからね！それにルード様が討伐したものならば、さらに価値もつきます！　ああ、私にお金の余裕があるのでしたら、ルード様に倒されたクライムタイガーの素材すべてを買い取りたいです！　いえ、むしろルード様に討伐されたいです！」

「討伐したのは俺じゃない」

「それでしたら特に価値なしですね」

変わり身の早さが異常だ。そもそも、俺が討伐しようとも付加価値なんてつくことはない。

「こちらの女性が空間魔法を使えるんだが……クライムタイガーの死体五つを入れて運んできてもらっている。どこか広げて問題ない場所に案内してもらえないか？」

驚いたようにファミーは目を見開いたが、優秀な冒険者ならば稀にそういうこともできる。

だから、深く突かれることはなかった。

「空間魔法を……それでしたら、奥の部屋に来ていただいてもよろしいですか？　解体はされていますか？」

「解体はしていないからその分の金額を差し引いてもらっても構わない」

「承知しました。それでは、奥へどうぞ」

ファミーに案内されるままに、ギルドの奥へと向かう。

案内された部屋では、解体などを行っているようで、鼻を刺激するような臭いが充満していた。

マリウスとアモンはあまり気にしていないようだ。

「それでは、こちらに出してもらってもいいですか？」

「……アモン、いいか？」

「任せるのじゃ」

アモンはふふんと調子よく鼻を鳴らすと、扇子を振った。その瞬間、眼前に五つのワイルドタイガーの死体が現れた。

どれも傷口が完全に固まっている。アモンが何かしたようだ。

死体はこれまでまるで凍っていたかのように、状態がそのまま固定されていた。

「く、クライムタイガーの死体……そ、それもかなり状態が良いですね……！」

驚いたようにファミーが声をあげる。

解体室にいたギルド職員たちも、目を見開いている。

「こ、これだけ上質ならば……一頭二十万ゴールドはいくぞ……！」

「そ、そうだな！　す、少し調査する。少し待っていてくれ！」

職員たちが総出になってクライムタイガーの死体を調べていく。

それから少しして、ファミーがこちらを見て頭を下げてきた。

「解体の手間賃を差し引いて、一頭当たりおおよそ二十万ゴールドになりますね……」

多少金額は前後するようだが、最終的には五体で百二万ゴールドだった。

普通の人ならば月に二十万ゴールドもあればそこそこ裕福に暮らせるものだ。さすがに王都では、少し物足りない金額でもあるが、あくまで一日の稼ぎだ。

まさか、こんなにあっさり大金を獲得するとはな。

それもこれも、マリウスとアモンの能力がずば抜けているからだな。

これとは別に依頼達成報酬もある。こちらは十二万ゴールドだ。先ほどの金額が多すぎて感覚が狂うが、この金額もかなりのものだ。

一人あたり、三十八万ゴールドである。俺は受け取った金をアイテムボックスにしまう。アモンも同じように空間魔法を使ってしまった。

奥の部屋でお金のやり取りをしたので、冒険者たちにそっち方面で声をかけられることはなくほっとする。

大金を手に入れるといらぬ敵を作ることがあるからな。

「またのお越しをお待ちしておりますルード様。毎日毎日、あなた様のことを考え、あなた様がやってくるのを楽しみにしております！」

怖い。二度と来ないほうがいいのかもしれないが、このまま完全に無視するというのも怖いかもしれない。

どうもファミーさんには冒険者の中にファンがいるようで、そっち方面で嫉妬のような視線は受けたが――それよりもファミーさんのほうに恐れをなしてしまった。

ギルドから逃げ出すように外に出ると、アモンがお金を握りしめ、目を輝かせる。

「わしはこれから食事巡りに行くぞ！」

「……お金、気をつけろよ？　冒険者狩りとかもいるんだからな？」

「ふふん、大丈夫じゃよ」

まあ、アモンなら問題ないだろうけどさ。そういうわけで、さらばだルード」

「オレもちょっと街を見て回るかな。そういうわけで、さらばだルード」

「……迷子にならないようにな」

「わかっているさ」

マリウスはそそくさと街へと消え、アモンもマリウスとは逆方向に向かっていった。

俺はどうしようかな。

アバンシアの人たちにお土産を買いたい気持ちもあるが、それは帰るときのほうがいいよな。

俺も少し腹が減ったし、近くで腹ごしらえでもしようか。

そんなことを考えながら、街を歩いていった。

○

昼飯を食べた後、特にやることがなかった俺は冒険者通りへと来ていた。

何か、図書館迷宮攻略のための情報収集もできるかもしれないと思ったからだ。

色々な店が並ぶ中を歩き、武器や防具などを見ていると、向かいで見知った顔を発見した。

リリアとリリィだ。ただ、様子が変だった。

彼女らの前には、二人の男性がいた。

どちらも冒険者のようだ。

「なあなあ、姉ちゃんたち一緒に遊ぼうぜ？」

「そうそう。いいだろ？　色々奢るぜ？」

「……」

ナンパされているようだ。

大丈夫だろうか。ナンパしている人たち。

リリィが怯えきってしまったようで、それを理解したリリアの怒りがどんどん膨れ上がっている。

このままでは、あの男たち……殺されるかもしれない。

リリアが逮捕されてしまっては、迷宮攻略にも大きな問題が発生するぞ。

そんなことがあってはならない。

というか、なぜうちのパーティーの女子たちは、傷つける側としての心配をしなければならない奴のほうが多いんだ？

俺はリリアたちへと近づいた。

「リリア、リリィ。ちょっといいか？」

俺が声をかけると、リリアたちがこちらを見てきた。リリィの目がぱっと輝き、救助を求めるように手招きしてくる。

リリアはすっと片手をポケットにしまった。何か、きらんと銀色の光が見えたが、まさかナイフとか持っていたんじゃないだろうな。

「どうしたのダーリン？」

リリアがよっとばかりに片手をあげてきた。

いきなり頭のネジでも飛んだのだろうか、と思ったが……なるほど。

彼氏の振り作戦ということか。

「ダーリン、来てくれましたか！　まったく遅いですよ！」

リリィがすっとこちらにやってきて。俺の腕に手を組むと、リリアが俺の足を狙って踏みつけてこようとする。

今は仕方ないだろうが。

それをかわしたため、その場でダンスでも踊るかのような不規則な動きをしてしまう。

「な、なんだてめぇは……？」

「俺はルードだ……おまえたちは誰なんだ？」

俺が冒険者を威圧するように睨むと、彼らは怯んだ。

俺はわりと顔つきが怖いと言われるからな。こういうときの脅しとしては便利だ。

あと、できる限り早く追い返したい。リリィが腕にくっついている間、リリアがじっとこちらを睨んできているからだ。

このプレッシャーを退けるには中々大変だ。

「……それは――」

「待て……ルードってさっきギルドで話していた……」

「……ま、まさかクライムタイガーを叩き潰したっていう――」

彼らもギルドにいたのだろうか？　あるいは後で話でも聞いたのか。

とにかく、俺のことを知っているようだ。

「その、ルードだけど……何か用か？」

さすがに叩き潰してはいないが、追い返すのに役立ちそうなので利用させてもらう。

案の定、彼らは顔を青ざめさせた。クライムタイガーの依頼は長らく放置されていたようだし、それを達成した冒険者というだけでも十分に威圧できるだろう。

「……い、いえ！　な、なんでもございません！」

「え、ええ！　そうです！　それでは！」

二人はすっと頭を下げ、立ち去っていった。

よし、これで怪我人が出ることなく追い返すことに成功した。

あの二人には感謝してほしいものだ。ほっと息を吐いてから、俺はリリアたちを見た。

「もう大丈夫だろ？」

俺がそう言うとリリィがほっとした様子で息を吐いた。

「まったく。いくらお姉ちゃんが可愛いからってナンパだなんてやめてほしいです」

むすーっとリリィが頬を膨らませると、リリアが首を横に振ってリリィを抱きしめた。

「それは違う。リリィが可愛いからあの二人はやってきた」

「そ、そんなことないですよ！　お姉ちゃんにつられたんですよきっと、ねえルード！」

「いやいや、リリィでしょ。ねぇ、ルード」

俺に振らないでほしい。二人が腕を離しながらこちらを覗きこんでくる。

どっちを選んだところで、どちらかに怒られそうだな。

「二人じゃないか？　向こうも二人いたんだし」

「いやいや、きっとお姉ちゃんですよ。ルードは見る目ないですね」

「うん、ない」

……どっちも選ばなくても、こうなるのね。

二人のいつもの調子が始まりため息を吐いていると、

「そういえばギルドにさっき顔出してきたら、なんか色々話題になってたけど」

俺が昼飯を食べている間にギルドに行っていたようだ。

「はいクライムタイガーをボコボコにしたって……噂になっていましたよ！」

「……ああ、そうだ。マリウスとアモンがお小遣いが欲しいからって依頼受けに行ってきたんだよ。それでまあ、クライムタイガーを倒してきたってわけだ」

「気軽に言うけど、あれ結構強い」

「そうですね。私たち二人で一体倒せるくらいだと思います……まあ、戦ったの昔なんで今はもっと余裕かもしれませんけど」

「まあ、ね。リリィめっちゃ強くなってるし」

「もう、お姉ちゃんですよそれは！」

二人が嬉しそうに褒め合って話している。

もう用事も済んだし、俺が立ち去ろうとすると彼女らはこちらを覗きこんできた。

何かを企んでいる顔だ。

「ということは今お金を持っている？」

きらんと目が光る。

「持っていますね、ルード？」

同じように目が光る。

「……何か、食べたいものでもあるのか？」

誕生日だ。そのくらいは奢ってやろう。

「うん、ちょっとついてきて」

「ええ、行きましょうルード」

リリィはともかく、リリアは結構大食漢だからな。

それなりに覚悟しておいたほうがいいかもしれない。

俺は今日の稼ぎがいくら残るか考えながら、二人についていった。

○

次の日。

俺たちは巨大図書館へと移動していた。

眼前に聳(そび)え立つ建物が、この国内でも最大といわれる巨大図書館だ。

そんな巨大図書館の中に入るため、歩きだす。入り口にいた騎士に許可証を見せると、すんなりと中へと入ることができた。

本自体は何千、何万冊とあり、そのすべてを見るには一生かけても足りないといわれている。

真実は定かではないが、まあ巨大図書館に入れば、嘘ではないんだろうな、とは思う。

ずらりと壁に並んだ本たちは、空へと向かって続いている。螺旋(らせん)階段を上って、屋上まで登るだけでも大変そうだ。

これだけでも、すべての本を見るのに一生をかける必要があるんだろうな、ということはなんとなくわかる。

入ってすぐの場所に、司書がいた。現在一般人の立ち入りは禁止されていたが、司書や騎士たちはいる。

迷宮ができたからといって本の管理などはしていかないといけないのだから当然か。

魔物が万が一出現したときに備え、警戒しながら作業をしているようだ。

「迷宮はあちらになります」

騎士がすっと片手を向ける。

すぐそこに迷宮があった。

他の迷宮と同じく、小山のような入り口だ。ただ、図書館内にあると違和感があった。

案内をしてくれた騎士が口を開いた。

「入ってすぐに、Aランク級のモンスターが出現します。くれぐれもお気をつけください」

「……わかった」

確かに、普通の迷宮とは違うな。

狙ってそういう迷宮を作らない限り、何も考えていない迷宮だとアモンに言われてもおかしくはない。

これでは確かに、冒険者は入りにくいのでポイントが稼げない。

現に、こうして警戒されてしまって、一般冒険者の立ち入りさえ禁止されているんだからな。

迷宮の入り口を眺めながら、俺は皆へと声をかける。

「それじゃあ行くとしようか」

「ええ、そうね」

ニンが頷き、それから皆も同じように頷いた。

軽く深呼吸。それから、迷宮へと足を踏み入れた。

小山のような入り口をくぐると、すぐに階段が地下へと向かって続いていく。

階段を下りていくと、一階層に到着する。

中は普通の平原が広がっている。

アバンシア迷宮とそう変わらない造りだ。

けれど、Aランクのモンスターが出るんだよな。

「アモン、マリウス。どうだ？　この迷宮は……魔王の気配は感じるか？」

もしも魔王の迷宮ならば、二人の能力が制限されてしまう危険性がある。

そうなると、これまでのように簡単に攻略はできないだろう。

アモンとマリウスは顔を顰めたままだった。

「わしはわからんの……マリウスはどうじゃ？」

アモンの言葉にマリウスも首を傾げていた。

「……悔しいがオレもよくわからないな。なんだか、魔王っぽい気配も感じるんだが……

そうでもないような」

……曖昧な回答だった。

魔王の可能性もあるのかもしれない。そのくらいの感覚でいたほうがいいだろう。

「二人の戦闘能力に制限はかかっていないってことでいいのか？」

「そうじゃな。わしは問題ないんじゃよ」

「オレもだ。仮に魔王が来たとしても、全力で切り伏せられる！」

どうやら、どちらも問題ないようだな。

「それならアモン、魔物の探知はできるか？」

「うむ、任せるのじゃ。あの辺りに出現するようじゃな」

アモンは扇子で場所を示す。

最下層までの攻略重視ならば魔物を無視して進むのだが、俺たちがどの程度通用する難易度かわからないからな。

一階層に一回、その階層の魔物と戦い、無理のない範囲で進んでいかないとな。

「一度、戦ってみようと思う。みんな準備していてくれ」

俺はそう声をかけてから、アモンが指摘した場所へ向かって歩き出す。

俺たちが進んでいくと、魔物が地面から生えるように湧き上がってきた。

現れた魔物は、ゴリラだった。

カメレオンコングと似ているが、手にはハンマーのようなものを持っていた。

腕や脚は大木のように太く、胸板も分厚い。

まともに殴り合うのは危険だろう。

「あれは、ハンマーゴリラじゃな。確かにAランク級のモンスターのようじゃな」

「……そうか」

アモンの言葉に、俺は改めて魔物を眺めた。

ハンマーゴリラか。俺が大盾を構えると、ハンマーゴリラがこちらに気付いた。

数は三体だ。結構な数だな。

「ウホォ！」

威勢よく吠(ほ)えたハンマーゴリラが、手に持っていたハンマーで胸を叩く。ドラミングのようなものなのだろうが、ハンマーで殴るなんて痛くないのか？

そんなことを考えていると、ギロリ。

ハンマーゴリラの目が俺を睨(にら)みつけてきた。

そして、右手に持っていたハンマーをこちらに叩きつけるように振り下ろしてきた。

攻撃をかわす。凄まじい威力で、地面がへこんでいた。

即座に『挑発』を放ち、三体の注意を引きつける。

三体はまるで意思疎通ができるかのように、見事な連携で攻撃を重ねてくる。

ハンマーを大盾で受け止めながら、かわせる攻撃はかわす。

ハンマーは大地を抉るような破壊力だ。一度でも直撃すれば地面と一体となり、この迷宮の肥料になるだろう。

とはいえ、動きには余裕でついていける。

昔ならば、苦戦していたかもしれないが……俺も確実に成長しているようだ。

ハンマーゴリラが、苛立った様子で俺へと迫ってきた瞬間。一体の首が吹き飛んだ。

リリアだ。リリアに気付いたハンマーゴリラが、そちらに攻撃をしようとしたが、その体がリリィとニンの攻撃魔法で吹き飛んだ。

最後の一体。マリウスが笑みを浮かべながら突っこんできた。ハンマーゴリラも気付き、慌てた様子でハンマーを振り上げた。

しかし、マリウスのほうが速い。

ハンマーゴリラの体をすり抜けるような足運びとともに、居合斬りを放った。

……速いな。一瞬だけ刃が見えたと思ったら、ハンマーゴリラが両断されている。

「この階層は、問題なさそうだな」

大盾を背負いなおしているとニンがやってきた。

「そうね、行けるところまで進んでみる？」

「……そうだな」

楽勝、か。

俺は大盾を背負いなおしてから、次の階層へ向けて歩き出す。

行けるところまで行く、という方針で慎重に迷宮攻略を進めていった。

○

ハンマーゴリラとの戦闘の後、俺たちは順調に迷宮を進んでいった。

現在第五階層を進んでいる途中だ。

迷宮での戦闘は問題ない、が。

「下の階層に降りるたび、どうやら敵も強くなっておるようじゃの」

「……そうだな」

出現している魔物はハンマーゴリラのまま変わらない。

しかし、一階層と四階層では明らかに四階層のほうが強い。

同じ魔物でも階層ごとに能力が違う、というのは迷宮ではよくあることだ。

「そういう風に、能力の調整もできるのか？」

「できるんじゃよ。迷宮に出現させるときに、能力を抑えて召喚するんじゃ」

「能力を抑えて……か。つまり、一階層のハンマーゴリラは本来の20％くらいの力、四階層では本来の力として召喚する……みたいな感じか？」

「その通りじゃ。ただ、あのハンマーゴリラが今どのくらいの力かはわからぬ。まだま だ、成長していくかもしれんの。この迷宮の管理者も、初っ端Aランクモンスターを配置 しているとはいえ、多少は考えを持っているようじゃな」

アモンがケラケラと笑う。……アモンはどうも、迷宮の管理者としての視点での感想が 多いな。

第五階層に到着してしばらく平原を歩いていく。魔物は出現しない。

アモンも眉間を寄せながら歩いていく。

ピタリ、と足を止めた。アモンはすっと扇子を俺たちの動きを制するように持ち上げ る。

「どうした？」

「嫌な感覚じゃ」

顔を顰める。

……一体どうしたのだろうか？

アモンの視線を追うように、俺もその先を見ていた。

そのときだった。

向こう側から一人の人間が歩いてきた。男性だ……と思う。

確信を抱けなかったのは、その男性が中性的な顔立ちをしていたからだ。男ながらに、とても綺麗(きれい)だと思ってしまった。

右手には大きな杖(つえ)を持っていて、それを地面に突くように歩いてくる。

それまで、まったく気配を感じさせなかった彼は、こちらに気づくとあまり表情を変化させないまま、口を開いた。

「驚いた。こんなところで人と出会うとは思わなかったよ。これまで誰もいなかったからね」

表情はまるで変化していないため、本当に驚いているのかもわからなかった。

アモンとマリウスが眉根を寄せる。二人は何やら訝(いぶか)しむような目をしていた。

「……おぬし、何者じゃ？」

「僕？　僕は、グラトだよ。よろしく」

短くそう言って手を差し出してきた。

……どこもおかしな様子はない。

このまま無視し続けたほうがグラトに悪いだろうと思い、彼の手をとった。

「俺はルードだ。今この迷宮を攻略するために来ているんだ。……この迷宮はAランクの高難易度迷宮でな。外に避難したほうがいい」

「迷宮の攻略？」

「あ、ああ」

ずいっとグラトが顔を寄せてくる。何かを窺うように見てきた彼は、それから顎に手を当てた。

「それなら、僕も連れていってはくれないだろうか」

「……どういうことだ」

「僕は、どうしてもこの迷宮の最下層に到達しないといけないんだ」

「なんでだ？」

「……なんでだ？」

は？

グラトに問いかけると、彼は首を傾げたのだ。俺も同じように傾げてしまうと、彼は口を開いた。

「わからないんだけど……なぜか……そこに到達しなければならない気がするんだ」

……あ、怪しい。

そもそも、この迷宮には誰も入っていないはずなのだ。

……それなら、グラトは一体なんなんだ？

「事情は……わからないが。迷宮攻略というのは、基本的に六人で行うんだ。そうしないと、出現する魔物が増加したり、そもそもダンジョン移動系の魔法の制限で移動ができなかったりしてな。だから七人目というのは基本的に――」

「イレース・イオート」

彼は小さく呟くようにそう言って杖を振る。すると、グラトの気配が完全に消え去った。

まるで目の前から忽然として消えたかのような錯覚を起こすほどだ。きっと、彼から視線を切っていれば、俺は彼の存在を視認できなかっただろう。

「ダンジョンウォークの魔法も使えるんだ。僕はキミたちから少し離れたところを同行させてくれないかな。これなら、迷惑はかけないと思うけど」

「……大丈夫、なのか？」

俺は迷宮に詳しいアモンに問いかけてみた。

アモンは顎に手をやった後、こくりと頷く。

「そうじゃの。恐らくは、大丈夫じゃと思う。わしも、この魔法を見たのは初めてじゃからよくわからんが、ニンよ。人間の間ではこういう魔法が使えるのかえ？」

「……あたしも初めて見たわね。ここまで完全に消えられる魔法があるなら、後衛の人たちがこぞって習得しようとするものよ。リリィは何か知ってる？」

ニンが首を傾げるが、リリィも首をぶんぶんと横に振った。

「知りません。こんなに凄いと、お姉ちゃんのお風呂とか侵入し放題ですね！」

「別に侵入しなくても受け入れる」

リリアとリリィは一度無視して、俺はグラトを見た。

「ただ、俺たちと一緒に魔物に襲われる可能性もある。……自衛はできるか？」

「魔物と戦ってみてほしい、ということだね。わかった。少し待っていて」

すたすた、と彼は歩いていく。それから、少ししたときだった。

ハンマーゴリラが出現した。同時に、グラトは魔法を解除し、その姿を見せた。

右手に持っていた杖をハンマーゴリラへと向ける。

さて、一体どんな魔法が飛び出るのだろうか……。

そう思った次の瞬間、ハンマーゴリラがグラトへと飛びかかった。グラトへとハンマーが振り下ろされる。

今まで見た中で一番速いかもしれない……っ！　しかし、グラトはまだ動かない。

ギリギリまで引きつけ、そして攻撃でもするというのだろうか！

「……えいや」

グラトは持っていた杖を振りぬいた。次の瞬間、ハンマーゴリラのハンマーに叩き潰された。

ばきっと、外皮が破壊されたのがわかった。続いて、ハンマーゴリラに殴り飛ばされる。

「……え？」

「……ま、魔法相手なら、自衛は可能、だよ……魔法、使わない相手は……む、無理だ」

それなら先にそう言ってくれ！

「へ、へるぷ……」

グラトがよろよろと片手を向けてくる。俺は慌てて大盾を取り出し、『挑発』を発動する。

「ま、マリウス！　グラトをニンのところに運んでくれ！」

「了解だ！」

俺がハンマーゴリラの一撃を大盾で受け止め、その間にマリウスがグラトの足を掴(つか)んで引きずるように連れていく。

「も、もう少し優しく、してくれないかな……」

「ははっ、大丈夫だ！　ニンならばすべて治すさ！」

「その前に、息絶えそうだよ……」

マリウスがぽいっとニンの前にグラトを運ぶと、ニンがすかさず治療した。ハンマーゴリラは、アモンの風魔法を受けて片腕を切断、痛みによってよろめいたところへ、リリアが剣を突き立てて仕留めてくれた。

ニンのところに戻ると、グラトの傷は治療されていた。

「……あんた外皮一瞬で破壊されているんじゃない。どんだけ少ないのよ」

「510だね」

立ち上がりながらグラトは、そう言った。

510で、ここに来るなんて……。ニンも同じことを思ったようだ。

「す、すくな！　あんたそれでついて来ようとしているの!?」

「これでも、僕はどんな魔法でも反射できるんだ。だから、魔法が相手ならそれなりに活躍できると思うよ」

「ほぉ、そうなのかえ。それはまた面白い能力じゃな。どれ、試しにやってみようか」

アモンがグラトへとそう言うと、グラトは両手をあげながら逃げるように後退する。

「ちょっと待って。外皮ないから、スキル使えないんだ。今の僕はキミの風魔法を喰らったら体ズタズタだよ」

「なんじゃ、つまらんのぉ」

アモンが扇子でぱちんと片手を叩いていた。

俺は持ってきていた時計を確認する。迷宮攻略を始めてからすでに八時間ほどが経過している。

　今日の攻略はここまでにしておいたほうがいいだろう。

　五階層までの攻略ならば、ベルトリアへの報告としても十分なはずだ。

「グラト、悪いが今日の迷宮攻略はここまでにしようと思う」

「そっか。それじゃあ、どうするの？」

「……いや、普通に迷宮の外に出るんだけど」

　彼のどこかズレた問いに苦笑する。しかし、グラトは至って真面目な様子で首を傾げる。

「外？」

　な、なんだこの噛み合わない感じは。

　俺が首を傾げるのに合わせ、さらに彼も首を傾ける。……ふざけている、わけではないようだ。

「外っていうのはだな。迷宮の外にある王都のことだ。おまえだって、そこから入ってきたんじゃないか？」

　彼の自身の存在を希薄化させる魔法ならば、他の人に見つからずに自由に出入りすることも可能かと思っていた。

　しかし、どうやら……それ以前の問題が何かありそうだった。

「迷宮の外は迷宮じゃないんだね」

「ああ。……外のこと、知らないのか？」

「……わからないんだ。目を覚ましたら僕はここにいて、とにかく迷宮の最下層に行かないとって思ったんだ」

目を覚ましたら、か。

彼の状況を一番的確に表す言葉が浮かんだ。

「……記憶喪失、ということか？」

「記憶喪失？」

グラトはまだ理解していない様子で首を傾げた。

「ああ。そのままの意味で、一時的にすべての記憶を忘れてしまう……病気と言っていいのかわからないけど、そういう症状があるんだ」

記憶喪失は病気か否かは定義が難しいとされていた。

何かの拍子で忘れてしまい、何かの拍子で取り戻す可能性もある。

「それも……どうだろうね。名前と魔法についての知識はあるんだ。それと、迷宮の最奥に行かなければならないという使命感のようなものもね」

「記憶喪失にも色々あるんだ。グラトが言うように一部の記憶だけを持っている人もいれば、何から何まで忘れてしまうものもな。……とりあえず、外に出てみないか？　何かあれば俺が助けにはなってやれると思うから」

　グラトは悪い人ではないと思った。本気で苦しんでいるのならば、手を貸したいとも。

　彼に手を差し出すと、グラトは小さく頷いた。

「そうだね……記憶喪失ならば、何かを思い出すきっかけにもなるかもしれないし。ありがとうルード」

……グラト。

　グラトが手を握ってきた。一度頷いてから、俺たちは魔法を用いて迷宮から脱出した。

　よくわからない男性だが、この迷宮について何かしらの知識を持っているのは確かだ。

　ひとまずは、一緒に行動してみてもいいだろう。

○

　皆には先に宿へと戻ってもらい、俺はベルトリアの元へと向かった。

　隣にはグラトもいる。グラトにも一緒にベルトリアに会ってもらおうと思った。

　騎士団ならば、もしかしたらグラトのことを何か知っているかもしれないからだ。

　ベルトリアとの面会を申し出ると、あっさりと承諾される。

　騎士団の詰め所内を進んでいき、奥の部屋へと入る。

案内された部屋に入る。そこは書斎のような部屋だ。

ベルトリアが椅子に座り、こちらをじっと見てきた。相変わらず厳しい視線をしていたのだが、グラトを見るとその両目が探るように細くなった。

「ルード、早速迷宮の調査に向かってくれたようだな。感謝する。それでどうだった？」

グラトのほうが気になるようだが、まずは用件を聞いてきた。

さすが、騎士団長だ。

俺もグラトについて話したかったが、まずは迷宮に関しての報告をしないといけないだろうと思い、口を動かした。

「五階層まではとりあえず攻略できました。明日はそこから進めようと思います」

「……そうか。いきなり随分と進んだな。あまり焦らなくてもいいからな。全滅されてしまっては困る」

「いえ、こちらもかなり慎重に進んでいます。今のところは問題ありません」

心配させないようそう伝えると、ベルトリアが納得した様子で頷いた。

「それならよかった。そちらの男性について、聞いてもいいだろうか？」

「えーと、彼は迷宮内にいたんです」

「迷宮内だと？」

ぴくり、と眉尻が上がった。ベルトリアの警戒が上がったように感じた。

「ええ、ただ、記憶喪失らしくどうしてそこにいたのかを覚えていないんです。もしかしたら騎士団の関係者かもと思い、連れてきましたが……」

「なるほどそういうことだったのか……すまない。私も全ての騎士を把握しているわけではないが、彼を見たことはないな」

「そうですか……」

残念だ。何か彼の記憶のヒントになればと思ったのだが。

ベルトリアはそれから顎に手を当てた。

「そういえば。ルードたちが来る前に一つのクランに調査を行ってもらった。もしかしたら、そっちの関係者かもしれない。一度会ってみたらどうだ？」

「調査ですか？　どこのクランでしょうか」

「ハイエナの短剣と呼ばれるクランだ。王都にいるクランではAランクの冒険者クランでな。リーダーはハイエナという男で、貴族だ」

「貴族、ですか？　冒険者なんて珍しいですね」

貴族が冒険者を志すというのはわりと珍しいことだ。

うちにも公爵令嬢様がいるが、彼女はまさに稀有な存在だった。

貴族の人が戦いに関係する職業を選ぶ場合、冒険者ではなく騎士になることが多い。

騎士は、格としては最低とはいえ、貴族として扱われるからな。

「家が侯爵家だが、五男でな。ほとんど何も相続できない立場だ。腕に覚えがあったらしく、冒険者で有名になることを志したそうだ」

「なるほど、な」

その道もありえなくはない。有名になれば、そこらの貴族よりも立場が保証されることもある。

実績が認められれば、『勇者』として扱ってもらえることもあるしな。

「まあ、色々問題はあるが……腕は確かだ」

ハイエナの短剣、か。聞いたことはないが、グラトに関することが何かわかるかもしれない。

「会いたいと話せば会えますかね？」

「一応、こちらからも声をかけてみるつもりだが……正直彼らはかなり気まぐれだからな。何か交換条件でもなければ難しいかもしれない」

「……そうですか」

「そういえば、ルードたちのクランは名前はないのか？　ルードのクランが会いたい、と伝えるよりはクラン名があったほうが今後にも繋がると思うのだが」

それについてはずっと考えていた。しかし、しっくりとくるものがなくて迷っていた。

「え？　あー、そうですねぇ。考えてはいますが……」

「こちらとしても依頼を出すときに困ってな。ルードのクラン、ではわかりにくいし何か名前をつけたらどうだ？」

ベルトリアはからかうような調子でそう言ってきた。

クラン名か。あとでしっかり考えないとな。

「わかりました。検討してみます。もしもハイエナの短剣について詳しいことがわかりましたら、教えてください」

「ああ、話してみよう。それと、迷宮攻略を引き続き頼む」

「わかりました」

一礼とともにその場を後にした。

結局、グラトに関しては何もわからなかった、か。

グラトと共に外に出ると、グラトがペコリと頭を下げてきた。

「ごめんね。僕のせいで何やら色々迷惑をかけてしまっているようだね」

「そんなことはない。困っているときはお互い様だ」

「……そっか。ありがとうルード」

表情の変化はあまりないが、彼の感謝の思いは確かに伝わった。

困っているのなら助けたいという気持ちも確かにあった。

彼とともに宿へと戻ると、ニンが廊下で誰かと話していた。

執事然とした男性だ。ニンははっとした様子でこちらに気づくと、ずだだ！　っとこちらへ駆けてきた。

そして、俺の腕に抱きついてきた。

「この人が、あたしの婚約者よ!!」

「はい？」

腕に当たる骨の感触と、ニンの発言の両方に首を傾げた。

なぜこのようなことになったのか、はっきりとはわからない。

しかし、予想することはできる。

「……に、ニン様？」

男性が戸惑った様子でニンを様づけで呼んだ。

この男性は、恐らくニンの家の関係者だ。そして、先ほどの婚約者という話から予想するに……。

「ニン、彼は？」

「あたしの家の執事よ。なんか、あたしにお見合いの話があるとかでいきなりやってきたのよ。あたしには、もう心に決めた人がいるっていうのによ？」

……なるほどな。

家でお見合いの話があり、それを断るために俺を婚約者と言って追い返そうとしたのだろう。

婚約者ねぇ。

俺がじっと執事を見ていると、彼は困った様子で顎に手をやった。

「そうはおっしゃいましても……。当主様ももういい加減結婚して落ち着けと仰せですし」

「別に結婚してもあたしは冒険者続けるわよ」

「そんな……どうかお戻りくださいませ」

どうやらニンを家に連れ戻したいようだ。

ニンはふんっと腕を組んでそっぽを向く。これでも公爵家の三女。

色々と俺が考えられないようなしがらみがあるんだろう。

とはいえ、俺としてはニンの意見を尊重したい。

ニンが冒険者をやりたいのなら、それでいいではないか。

「ニンもこう言っていますし、今回はお引き取り願えますか？」

仮の婚約者として、ニンの肩を持つように発言する。

親としてはニンのことが心配なのかもしれないが、彼女ももう大人だ。

しかし、執事の表情は険しい。

「そうは参りませんよ……今回の見合いのお相手はベールズ侯爵家です。ハイエナ・ベールズ様はニン様のご要望であった冒険者でもあります。気は合うと拝察いたしますが」

……ハイエナ？　まさか。

先ほど、ベルトリアから聞いていた名前を思い出す。

俺はちらとまったく会話についていけていない様子のグラトを見る。

図書館迷宮に一度入ったことのあるハイエナたちならば、グラトについても知っているかもしれない。

「その人と俺が直接会ってお話しすることは可能ですか？」

「……なんであんたが興味持っているのよ」

ニンが訝しむ様子で俺の腕をぎゅっと掴んでくる。

……そりゃあそうだよな。

とはいえ、執事の目の前で事情を説明する余裕はなかった。

「そ、それは……向こうに対しても失礼ですし――」

執事は歯切れ悪くそう言ってきた。

「そうですか」

それは残念だ。俺が肩を落としていると、何かを察した様子のニンが口を開いた。

「なら、お父さんに話をしにいくわ。今のあたしの婚約者として、ハイエナとお父さんにルードを紹介する。それで、どうよ」

「……で、ですが」

「そうじゃないなら、家に戻るつもりはないから！　それでどうよ！」

びしっとニンが指を突き付ける。相変わらずの強気で強引な言葉。

執事は諦めた様子で肩を落とした。

「……わかりましたよ。そのように当主様にはお伝えしておきます。どうなるかはわかりませんが……」

執事はがくりと落ち込んだまま、ゆったりとした足取りで去っていった。

ほっとしたようにニンが息を吐いて、こちらを見てきた。

「助かったわルード、さすがタンクね」

お見合いの盾にまで使われるとは思っていなかったけどな。

「……でも、直接会うとかの話になったらどうするんだ？」

「まあ、そのときはまたよろしくね」

「偽物の婚約者として会うのか？」

それはさすがにどこかでバレそうな気がするが。

「あら、本物でも……いいわよ？」

な、なにを言っているんだよ。

僅（わず）かに頬を染めながらそう言う彼女に、俺も頬をかく。

「まあ、それはそうなってから考えるとして……どうしてハイエナって人に会いたいのよ？」

「さっきベルトリアに聞いたら、一度図書館迷宮に入っているらしくてな。グラトのこと、何か知っているかもしれないだろ？」

グラトの記憶喪失がハイエナと会う前からなのか、後からなのかで状況も変わってくる。

ハイエナと会った後に記憶喪失になっていれば、ハイエナたちはグラトのことを知っているということになる。

そうすれば、グラトのことが少しはわかるかもしれない。

「なるほどね……ていうか、ハイエナって人貴族なのに冒険者なのね。珍しいわねぇ」

珍しい人がそう言っている。

「五男の貴族らしいな」

「それがあたしの家とお見合いなのね。お父さん、どうしても結婚させたいのかしら？」

……侯爵の五男というと、そこまで権力は強くないだろう。

確かに、そう考えるとニンの父親はよほどニンに結婚させたいのかもしれない。

「ニンはどうなんだ？　結婚とかは」

貴族の令嬢だと、だいたい十五歳くらいまでに相手が決まっていていつ頃結婚するかという具体的な話まで上がることが多い。

なんなら十五歳になった瞬間に結婚する。そして、二十歳くらいになっても結婚していない場合は、行き遅れているなんて言われてしまう。

平民だとそこまでではないので、ニンがどのように考えているのかがわからない。

「あたしはまだ相手がいないのよね。結婚できるのならしたいとは思っているけど」

「……なるほどな」

「そうよ。ルードはどうなのよ？」

「今はまだな。マニシアも完全には治りきっていないんだし」

迷宮で獲得した魔石のおかげで多少は良くなっているとはいえ、全快ではない。

「そうよねぇ。あたしが考えている候補がそうなんだもの」

「……そ、そういうこと言うなよ」

「な、なによ。このくらいで……照れてるの？」

おまえだって顔真っ赤じゃないか。

俺が逃げるように顔をそらすと、じっとこちらを見ていたグラトと目が合う。

……そ、そうだグラトもいたんだった。

「わ、悪いグラト。放置してしまって」

「いやいや、大丈夫だよ。とりあえず僕はお邪魔かな？」

「……い、いやそんなことはないぞ」

「だけど、何とも良い空気だったから……こういうときは席を外したほうがいいかもと思ったんだけど、勝手にいなくなっても慌ててしまうかとも思ってね……どうしたらいい？」

それを聞かれても困る。

「それじゃあ、とりあえず部屋に戻って今日は休んでくれ」

リリアとリリィが二人で一部屋を使っているため、部屋は一つ余っている。

そちらに案内するとグラトがこくりと頷（うなず）き、俺たちもその場で解散となった。

……グラト、か。不思議な男だ。

今日一日色々とあったが、明日からも迷宮攻略を行っていく必要がある。

今日はゆっくり休んで明日に備えないとな。

○

次の日。俺たちは迷宮攻略へと来ていた。

昨日までに進んでおいた第五階層へと魔法を使って移動する。

もちろん、今日もグラトはついてきている。

「今日もよろしくね」

「ああ、グラトも……あんまり前に出ないようにな」

「うん、でも何かあれば言ってね。力になるから」

ぐっとグラトはやる気に溢れた様子で拳を構える。

彼には昨日話していたように自分の存在を希薄化させる魔法を使用してもらっている。

アモンの隣に並んでいるが、たまに見失うほどに気配は薄い。

目で見るのはやめたほうがいい。彼の魔力を感じ取るように心がけたほうがいいだろう。

魔力を意識してみると、グラトの魔力とアモンの魔力はやはりまるで違う。

これが人間と魔王の違いだろう。

俺の魔力は……その二つが混ざり合っている感じだ。これもまた他の人たちとは大きく違う。

魔力を意識していると、迷宮内の魔物が出現する地点もうっすらとわかってくる。

それに関しては、アモンがもっとも敏感なので彼女に指示出しは任せている。

第六階層にはすぐに到着した。第六階層も第五階層と同じ構造だ。

しばらく迷宮内を進んでいくと、アモンがぴたりと足を止める。

「この階層初めての魔物じゃが……どうにもハンマーゴリラとは気配が違うの。どうす

る？　戦ってみるかの？」

……そうだな。各階層に出現する魔物を把握しておくことは非常に重要だ。

「試してみよう」

俺は大盾を構えながら先頭に出る。グラトもちらとこちらを見てきた。

「相手が魔法を使うのなら僕に任せてくれるといい」

ちょっと胸を張る。相変わらずの無表情ではあるが。

「ああ、期待しているよ」

グラトの魔法も見てみたいと思っていたので、次に出現する魔物には期待していたのだが――。

出現したのはオーガだ。両手には斧が握られている。斧と斧は鎖でつながっている。

こちらを睨みつけてきたオーガは、その斧を構える。

俺が『挑発』を発動すると、斧が放り投げられてきた。

なるほど。そういう攻撃か。斧を弾くと、腕に鈍い重みが伝わってくる。

オーガがぐいっと鎖を引っ張ると、投擲された斧はオーガの手元へと戻る。

中距離まではあれで攻撃してくるようだ。大地を蹴りつけたオーガが、俺のほうへと蹴りを放ってくる。

さすがに、体重を乗せた一撃は重い。肉体のみの力では耐えきれないため、魔力で強化して押し返す。

オーガが後退したところで、マリウスが突っ込んだ。

彼の一閃（いっせん）がオーガの片腕をもぎ取る。だが、オーガはまだ倒れない。斬られた腕の痛みを押さえるように声をあげ、鋭い目つきでマリウスを見る。

マリウスの一撃を受け、彼に注意が向いたのだろう。それをすぐさま『挑発』で引き戻す。

「ガアア！」

オーガが苛立（いらだ）った様子で俺へと斧を振り下ろしてきた。

オーガの再びの攻撃を、俺は大盾で受け止める。中々に重たい一撃だったが、それでも正面から押し返すことができた。

俺が弾（はじ）いたことで、オーガの体がよろめいた。

その隙に、アモンの風魔法の準備が終わる。

彼女の放った風の刃が、オーガの全身を切り裂くと、オーガはたまらないといった様子で膝をついた。

すでに目から光は消え、その体は迷宮に取り込まれるように消滅した。

「かなり体力があるみたいだな」

「そうだね。それに、魔法を使ってくれそうにないよ」

俺の呟きに反応したのは、グラトだ。ひょいっと俺の視界に入ってきた彼は、少し不満そうにしていた。

びっくりした。本当に存在が薄くなりすぎていて、話してもらわないと気づけないほどだ。

「マリウス、まだ大丈夫か？」

「ああ、問題ないな」

彼は刀を鞘にしまいながら、こちらを見てくる。

他の人たちも問題なさそうだな。

「このまま、階層を進んでいこう」

そう口にして、俺たちは迷宮を進んでいった。

○

夕方になったところで、俺たちは迷宮から脱出した。

結局、オーガは一切魔法を使わなかったため、若干グラトは物足りなそうにしていた。

そのあと、宿の前で別れてから、俺だけはベルトリアに会いに騎士の詰め所へと向かった。

昨日と同じ部屋に案内されると、一人の騎士と目が合った。

男性の騎士だ。彼は軽く会釈をすると、部屋の隅へと向かう。

ベルトリアはちらと彼を見てから、両肘を机についた。

「彼にも状況を共有しておきたいので、一緒に参加してもらっている。万が一、私が対応できないときは彼に対応してもらうことになる」

「わかりました」

「それで、早速確認をしたい。今日の攻略状況はどうなっているんだ？」

「今日は十階層までの攻略を終えました」

「……じゅ、十。は、はや……っ」

驚いた様子で部屋の隅にいた騎士が声をあげる。

驚いたような声に反応してそちらを見ると、申し訳なさそうに頭を下げた。

「済まないな。ただ、ルード。キミたちの攻略はかなり早い。驚かれるのも無理はない」

「……そうですかね？」

昔の迷宮攻略はどうだっただろうか？　キグラスをリーダーにしていたときも、攻略速度自体は同じくらいだったような気がする。

「自覚がないところが恐ろしいな。それで、どうだった？　何か新しい魔物はいたか？」

ベルトリアが頬を引き攣らせていた。

「はい。五から十階層はオーガが出現しました」

「Aランク級のモンスターだな」

ベルトリアは顎に手をやる。

連続でAランクのモンスターが出ているのだから、多少思うところはあるだろう。

「はい。ですが、手ごたえとしては一階層に出現するハンマーゴリラよりも強く感じました。オーガは多いときで同時に四体と戦うこともあり、中々苦労しましたね」

それでも、二撃もあれば仕留めることは可能なので、攻略自体は順調に進めることができた。

「……そうか。なるほど」

「これが五階層続きましたので、おそらく次の十一階層からまた別の魔物が出現し、それが十五階層まで続くのではないかと思います」

「なるほどな。気を付けて進むようにな。私たちが想定していたペースよりもずっと早いんだ。もっとゆっくりでも大丈夫だからな」

「心遣い感謝します」

俺がそう頭を下げると、ベルトリアは何度か納得するように頷(うなず)いた。

俺は一礼の後、騎士団の詰め所を後にする。

それから俺は宿へと戻る。宿の廊下ではニンと昨日の執事が話をしていた。

また来ているのか。

顔を顰めていたニンがこちらを見てくる。執事の視線もつられるように俺へと向いた。

「良かったわ、ルード。ちょっといい？」

「……どうした？」

「明後日。あたしの屋敷に来てくれる？　ハイエナとお父さんにルードのこと紹介したいんだけど」

本気で言っているのか。

ということは昨日話していたことが現実となってしまったのかもしれない。

ハイエナと面会できるのは嬉しいが、婚約者として偽れるのかどうかだけが不安だ。

とはいえ、ここで動揺してしまうと、執事に不信感を抱かれることになるだろう。

「わかった。俺は問題ない」

迷宮攻略に関しても、急ぐ必要はないと言われている。その日は一日休みにしてしまってもいいだろう。

「じゃあ、そういうことだからお父さんに伝えておいてくれない」

ニンがちらと執事を見ると、彼はすっと丁寧に頭を下げた。

「かしこまりました。ニン様、ルード様。お待ちしております。……お願いですから、ニン様。必ずいらしてくださいね」

ニンがバックレることを危惧(きぐ)しているようだ。

「大丈夫よ。心配するんじゃないわよ。あたしが約束を破ると思っているの？」

「……当主様とのお約束に関しては、あまり信用がありません」

「何よ。酷(ひど)いわねぇ」

ニンが肩を竦(すく)める。……確かにニンは自分の嫌な約束に関しては適当にやり過ごしそうな気がする。

「本当に、お願いしますよ？」

「大丈夫よ。ほら暗くなる前に帰りなさい」

ニンがひらひらと手を振ると執事は未だ疑った様子でニンをちらちら見ながらも、去っていった。

彼の姿が完全に消えたところで、ニンがこちらを見てきた。

「というわけでルード。当日はあたしの婚約者役、頼むわよ」

まさか、本当にそうなるとはな。

それにしても、婚約者か。

貴族の婚約者って何をしているのだろうか？……というか、女性と付き合ったこともないため、そもそも何をすればいいのやら。

「……了解だ。だけど婚約者なんて……どうすればいいんだ？」

「そうねぇ……あたしもいまいちよくわからないけど、こう仲良く一緒にいればいいんじゃないかしら？」

そんなものか？

他にも何かするべきことはありそうな気もしたのだが、何も思いつかなかった。

俺が考えているとニンが頬をかきながら、首を傾げた。

「それじゃあ、婚約者の練習のためにも、明日の迷宮攻略の後にでも……デートでも行って訓練しない？」

「……そ、そうだな」

「何よ……あんたちょっと頬赤くなってんじゃない」

「……それはお前もだろ」

「……あ、あはは。そ、そう？」

そうだっての。

お互いに照れくさくなって視線をそらした。

俺が視線をそらした先は、向かい側のリリアの部屋だ。リリアとリリィは一つの部屋を二人で使っている。余った部屋が一つあったので、今はグラトが使っているのだが。

……そのリリアの部屋の扉は少し開いていた。

扉の隙間から、目が四つ、こちらへと向いていた。

「じとーっ」

わざとらしいそんな声が聞こえてきた。

こちらの様子を窺(うかが)ったままであった。

「……な、何よあんたたち」

ニンがじろっと二人を見ると、リリィが勢いよく扉を開けた。

勢いよく開けすぎたせいで、反動で扉が閉まる。

そのドアによってリリィは腕をぶつけ、痛そうにうずくまる。

リリアがじろっと扉を睨(にら)みつけている。

いや、それは理不尽だ。

うずくまっていたリリィだがすっと立ち上がり、ニンへと視線を向ける。

「ニンとルードたちに問います。さっきの話で二人は婚約者のふりをすると話していましたね」

「え、ええ……ていうか、どっから聞いていたのよ」

「最初からですよ。ふふん、それなら私たちがアドバイスをしてあげましょう」

「何あんた、男と付き合ったことあるの？」

「……リリィ、あるの？」

娘に彼氏がいるのが発覚した父のような怒気で、リリアがリリィを見ていた。

リリィは顔を真っ赤にして首をぶんぶんと横に振った。恥ずかしさと怯えが混ざった複雑そうな表情である。

「な、ないですよ！　そんなことありません！」

「それならいいけど」

「いや、良くないわよ。そんなアドバイスまったく参考にならないじゃない」

「むっ、それは心外ですね。これでも、恋愛の話を聞いたことはたくさんあるんですから。ギルドにいたときに色々話聞いていたんですからね！」

意外そうにリリアが目を丸くした。

「……そうなの？　リリィ、人見知りだから友達いなかったと思うけど」

「お、お姉ちゃん！　それは言わないで！」

ニンの目がじとーっと細くなる。それじゃあ結局あてにならないじゃない。彼女の両目は口よりはっきりと物事を語っていた。

リリィはしゅんと落ち込んだ様子で、口をゆっくりと動かした。

「……ぬ、盗み聞きで集めた情報、です」

「なるほどね……。まあでも、それなら多少は参考にはなりそうね」

「で、でしょう!?　だから、任せてください！　婚約者ごっこのお手伝いしますよ！」

ばしっとリリィが胸を叩く。

ニンはリリィに笑みを向けながらあれこれ話している。そんな様子を見て、リリアがこちらを見てきた。

「迷惑なら止めるけど、どう？」

「いや、ニンも楽しそうだしいいんじゃないか？」

「でも、二人きりのほうがいいかもと思って」

「俺は別に」

「そうなの？」

「ああ」

探るようにリリアがこちらを覗（のぞ）きこんできた。彼女はしばらく考えるように目を見ていたが、やがてリリィに腕を掴（つか）まれた。

「お姉ちゃん、明日のために打ち合わせしましょう」

「うん、わかった」

……完全に二人は俺たちで遊ぶつもりだろうな。

まあニンと二人きりよりは、俺も気楽に臨むことができる。

そういう意味では、二人に感謝だな。

第二十三話　王都での日常

次の日。

これまで通り、俺たちは迷宮攻略を行っていった。

今日の攻略の進捗は十五階層までだ。

一日五階層ずつというのは早いペースだと言われたが、俺たちにはちょうどいい。

それを無理に変えようとは思っていなかった。

新しく出現した魔物はいない。

ハンマーゴリラとオーガの二体が同時に出現するようになっただけだった。

ただ、能力はこれまでの階層よりも高かった。Aランク級のモンスターだが、Sランクに近い強さがあったのは確かだ。

モンスター同士連係も取れていたため、苦戦はした。

アモンは怒っていた。「手抜きじゃ手抜き！　こんな迷宮は楽しくないんじゃ！」と。

グラトは寂しそうにしていた。相変わらず魔法を使ってくる魔物がいないからだ。戦闘に参加できていないため、どうにも不満は溜まっていたようだが、仕方ない。

とにかく、そんな迷宮の調査結果をベルトリアに報告した後、俺はニンと待ち合わせていた場所へと向かった。

王都の中央広場だ。美しい噴水があり、別名噴水広場とも言われている。

夕方になり、空は暗くなり始めていたが、噴水近くに埋め込まれた魔石の光が美しく輝いている。水が光を反射し、キラキラと舞い落ちる。

暗いとは感じないな。噴水広場に到着すると、ニンを見つけることができた。

ニンだけではない。

ニンのすぐ近くにはリリアとリリィもいた。

「悪い、待たせた」

声をかけるが、ニンは首を横に振った。

「大丈夫よ。それで？　どんな指導をしてくれるのかしら？」

ニンは試すように二人にそう言った。

今日はリリアとリリィが婚約者らしさ、というものを教えてくれるそうだ。

不安だ。不安はあったけど、何かしら参考になる部分もあるかもしれない。

リリアたちが顔を見合わせた後、俺たちのほうを見た。

「リリィどう？」

「二人は距離が男友達みたいです！」

びしっとリリィが俺たちに指を突きつけてきた。

男友達みたい？　その言葉に俺はマリウスといるときのことを思い出す。

確かに、ニンといるときも似たような感覚になることは多い。

たまに、彼女を女性として意識することもあるとはいえ、それでもやはり気軽に接することができる友人、という感覚だ。

「そりゃあまあ、実際そのくらいの関係だしね？」

「……そうだな」

リリィの指摘はもっともだが、実際ニンが言うように俺たちの関係はそのようなものだからな。

「まずはそこをどうにかしないといけないと思いますよ！」

リリィがビシビシっと腕を振って指さしてくる。

「じゃあ、具体的にどうしたらいいのよ？」

具体的にどうしたらいいのか。そう問いかけた瞬間、リリアがニンへと詰め寄った。

「まずはもっと距離を詰めるといい」

リリアがニンの両肩を掴み、ぐっと俺のほうに寄せてきた。

無理やりに距離を詰められる。ニンの腕が俺の右腕に触れるほどの距離だ。

……普段ここまで近づくことはないため、少し緊張する。

「……それで？」

ニンは少し頬を赤らめる。それでもいつもの調子を崩さないように口を開く。

あまり意識しすぎないよう、俺もニンからリリアへと視線を移す。

「はい、ニンとルードに質問です。二人はどんだけ付き合っているカップルっていう設定なんですか？」

びしっとリリィが手をあげる。それ考える必要あるか!?

「……せ、設定？　そこまで考える必要ある？」

ニンも同じような心境だ。俺たちがじっと二人を見ると、リリィはリリアを、リリアはリリィへと視線を向けた後、やれやれとばかりに肩をすくめた。

「ありますよねえ、お姉ちゃん」

「うん、あると思う。長く付き合っていたら、腕を組んでいるときも恥じらいは必要ないと思う。逆に付き合っている期間が短いなら、恥じらいはあったほうがいいかもしれない。むしろ慣れてしまっていると、別の不信感が生まれる」

なるほど。

確かにそれは納得できた。

「あとはどっちから告白したかも重要だと思います！　設定の作りこみは大事にしないと、突っ込まれたときに誤魔化せないですよ！」

リリアは無表情で、リリィは真剣な顔でそう言った。

……この二人。

意外としっかりアドバイスしてくれている。彼女らの言葉にも納得させられる。

ある程度設定をしっかり作りこんでおかないと、質問されたときに言葉に詰まる場面が出てくるだろう。

「……た、確かにそうね。ねえ、リリア。あんたにちょっと聞きたいんだけど」

「何？」

「リリィが男を連れてきたらどんなこと聞く？」

「……ころ――リリィがまず騙されていないか疑う」

今、殺すって言いかけてなかったか？　というか、一瞬殺気が溢れ出たような気がするが。

「そう？　あんたなら殺すのかと思ったわ」

「……リリィが幸せなら、私は我慢する。ただ、その男が本当に信用に値するか確かめる」

「お、お姉ちゃん……っ」

リリィが感動した様子で声をあげる。確かにリリアの覚悟は凄まじい。

その覚悟、見習わなければならない。

「でも、どんな風に確かめるのよ？」

「私よりも強い男かどうか、それを確かめる」

「リリアより強いのなんてほとんどいないじゃない」

「じゃないとリリィを守り切れないから」

ふん、とリリアは鼻息荒く宣言した。ニンは腕を組んで、頷いた。

「なるほど……つまり、そんなところをあたしのお父さんも聞いてくる可能性があるってことね」

……確かにそうだな。

リリアの意見は娘を持つ父親的な視線だと参考になる。

リリィの視線が、俺のほうへと向いた。

「よし、次はルードですね。ルードはマニシアちゃんが男を連れてきたらどうしますか？」

「ころ――……こほん。リリアと同じだな。その男性が信用に値するかを確かめさせてもらう」

俺もリリアと同じだ。マニシアが幸せになれるのなら、それが一番だ。

俺の言葉にリリアがこくこくと頷いている。今の俺はリリアとかなり意見が合致していた。

「なるほどねぇ……それじゃあ、二人の意見を参考にしながら色々設定を詰めていきましょうか」

「ふふふ、楽しくなってきましたね！」

リリィが笑顔を浮かべる。

それから俺たちは、カップルとして違和感がないよう設定を考えながら、お試しデートを行っていった。

○

次の日。

今日一日は休日ということにした。

というのも、今日がニンの父親との面会日だったからだ。

リリアとリリィは二人で出かけ、マリウスはグラトを連れて街を案内している。アモンも食事巡りのために街へと向かった。

そんな中、俺は昨日購入した落ち着いた服に袖を通し、ニンとともに貴族街へと来ていた。

貴族街……文字通り、貴族たちの家が建ち並ぶ住宅街だ。入り口には騎士が配置されていて、中へ入るにも一苦労だ。

ニンの場合は、公爵家の紋章を持っているのであっさりと通ることができたが、そういったものを持たない場合は迎えに来てもらう必要があった。

俺たちは貴族街を歩いていき、ニンの屋敷へと向かった。

大きな屋敷がたくさんある街の中で、ニンの屋敷はひときわ大きい。

さすが、公爵家だ。屋敷まで続く広大な庭。それを門越しに見ていた俺は少し呆然としていた。

これから本当にこの家の持ち主と面会をするのか？

そして騙すのか？　果たしてそれが本当にできるのだろうか。

不安で仕方ない。

これならば、迷宮に潜っていたほうがよっぽど気楽だった。

「ほら、そんな情けない顔してないで。行くわよ」

背中をとんと叩かれる。

「……ああ、そうだな」

ニンとは特に手や腕は繋がずに中へと進む。ずっと繋いでいても違和感が多いからだ。

あくまで自然体で、もしもニンの父親に指摘されたときに、自然と手を繋げるように昨日は訓練をしていたわけだ。

屋敷の中へと進むと、執事に案内される。

少し歩き、部屋の前で足を止める。

「こちら、ラルザード様のお部屋となっています。少々お待ちください」

執事はそう言って一礼の後に部屋の中へと入っていく。

そこで待つこと数分。庭などを眺めていると、再び扉が開いた。

「お待たせいたしました。中へお入りください」

執事とともに俺はラルザード氏のお部屋へと入った。

屋敷の中を歩いていてもそうだったが、中はとても落ち着いた部屋だ。

貴族というものに多少の偏見を持っていた俺は、もっときらびやかなもので部屋を飾るのだと思っていた。

俺には全くわからないが、そこまで高価そうな品物は置かれていなかった。ラルザード氏がそういう人なのかもしれない。

そのラルザード氏は、鋭い眼光でこちらを見ていた。

威圧感が凄まじかった。ラルザード氏自身がどれほどの実力者かはわからないが、少なくともその目つきは何人か人を殺っているのではないかと思えるほどだ。

雄々しい彼の様子に多少気おされながらも、俺はできる限り丁寧に礼をする。

「久しぶりだな。ニン」

「そうね」

ニンはどれだけ家に戻っていなかったのだろうか？　ラルザード氏は随分と懐かしむ様子であったが、ニンはそんなこと気にしていないかのように振る舞っていた。

「しばらく見ていない間に随分と成長したようだな」

「まあ、色々あったしね」

そう言ってニンの視線がちらとこちらを向いた。

……確かに、つい最近を思い返してみても、色々なことがあったよな。

そんなことを思い返していると、ラルザード氏の目がぎらりと光った。

「……色々、だと？　おい、ルードといったな！　娘に何をした！」

なぜそこまで怒る。絶対何かを勘違いしている。

席から立ち上がりかけた彼に、頬が引き攣ったが、冷静に言葉を返す。

「ニンとは、よく一緒に迷宮攻略に行っていました。とても助かっています」

「それ以外は何もしていないな？」

「はい」

「本当に何もしていないんだな？」

「……はい」

「……何もしていないのに、付き合っているのか？　ニンに魅力がないと！　我がカワイイ娘に、魅力がないと！　そういうことか！」

……否定しすぎたか？　だからといって手を出しました、とか言ったらそれはそれでこの人キレそうだよなぁ……。

面倒臭い。

それが正直な意見だ。

どうすればいいんだ。ちらとニンを見ると、彼女もとても面倒そうだ。

窓の外を見ている。

もしかしたら窓から飛び降りての逃走を図っているのかもしれない。俺もそれについていきたいな……そう思っていると、部屋の扉が開いた。

「ラルザード様。ハイエナ様が到着されました。お通ししてもよろしいですか？」

「……ああ、構わない」

……ここで直接会うのか。

ハイエナの到着によってラルザード氏は一度席に座りなおした。それから何度か深呼吸をする。

それで、多少は落ち着いた様子だ。

「ねえ、お父さん。あたしにはルードがいるの。その人とのお見合いとか、ましてや結婚とか……そんなものしたくないいんだけど」

「……ニン。おまえは貴族なんだ。どこぞの馬の骨とも知れぬ冒険者ではダメだ。それに、もういい年なんだ。いい加減結婚を考えたらどうだ？　いつまでも冒険者なんていう危ない仕事なんてするんじゃない」

ラルザード氏の言葉に、ニンは目を鋭くした。

「いや、あたし結婚したとしても冒険者続けるわよ」

「……おまえな。おまえは貴族としての自覚がないのか？」

「ない」

「……」

ニンが堂々と言い放つと、ラルザード氏は額に手をやった。

……ラルザード氏はラルザード氏で少し大変そうだ。

俺も自分に娘ができたとして、その子が冒険者になったらと考えてみた。

確かに、少し不安ではあった。特にラルザード氏の場合、貴族の娘は若いうちに結婚するという常識を持つ世界の人だ。

いつまでも結婚しないニンを見ると不安に感じるだろう。

部屋の扉が開き、執事とともに一人の男性が入ってきた。

……なんというか、チンピラ、というのは良くないがどこか悪い印象を抱きやすい顔つきの男性だ。

俺とハイエナの目が一瞬合う。ハイエナの口元がにやり、と歪んだ。そして、彼はラルザード氏へと近づくと、丁寧に膝をついた。

「お久しぶりですラルザード様」

「ああ、そうだな」

「今回はニン様とのお見合いについてのお話をいただき、ありがとうございます」

「ああ」

ラルザード氏は鷹揚に頷いている。そこにニンが言葉を割って挟む。

「ちょっと、あたしはお見合いするつもりはないって言っているでしょ？　別に冒険者を好きなわけじゃないし！」

「でも前に結婚するなら冒険者かなぁ、と言っていたじゃないか！」

ラルザード氏が子どものように声をあげる。……始めの威圧感が消えている。

いくら公爵様といっても娘が関係すると、維持できないのかもしれない。

「とにかく！　この話はもう終わり！　あたしとルードの仲を邪魔しないで！」

ぎゅっとニンが抱き着いてくる。自然に受け入れる。

昨日コツを覚えたのだ。ニンは密着してくるモンスターだと思えばいい。タンクとして攻撃を受ける、そのときと同じ感覚ならば緊張することはない。

ニンの様子を見て、ラルザード氏の怒りが俺へと向けられる。

俺はそれを、しっかりと受け止めた。

「お待ちくださいラルザード様。事前にお話ししていた通り、決闘によってけりをつけるのはいかがでしょうか」

ハイエナがにやり、と笑ってこちらを見てくる。

……決闘、か。

ラルザード氏はハイエナの言葉に、腕を組んだ。

「ひとまずは……それで様子を見るとしようか。ルード、準備はできているか？」

渋々、といった様子ではあったが、ラルザード氏はそう言った。

……こちらを観察するような視線は未だ残っているが、それで一応解決できるのなら手っ取り早くて助かる。

「……え、ええ一応」

事前に、武器なども持ってくるようにとは言われていたので一応用意していたが……こういうことだったのか。

ハイエナはそれを知っていたようだ。

俺はじっとハイエナと睨(にら)み合ってから、ラルザード氏へと近づく。

「彼に勝てば、認めてくださいますか？」

「……認める、とは言わないが。一応、今回は……考え直そう」

ラルザード氏はじっとこちらを見てきた。

……それなら、決闘だって引き受けるさ。

ニンのためだもんな。

「わかりました。……ハイエナ、決闘をしようか」

「ああ、いいぜ。ラルザード様。場所の準備が終わるまでの間、ルードとできれば二人きりで話をしたいのですが……いいですか？」

二人きりで？　一体どんな話だ？

俺としてもグラトについて聞きたいことがあったので、その時間を用意してもらえるのは嬉しい。

ただ、わざわざハイエナがそう提案してくるのは気になった。

「ああ、構わない。客室のほうで話をするといいだろう。それは執事に案内させる」

「わかりました」

にやり、とハイエナは笑みを浮かべる。俺とハイエナは、執事とともに客室へと移動した。

移動した部屋は豪華な部屋だった。今借りている宿よりも豪華で驚く。

この客室は貴族の方に向けての場所なんだから、豪華なのは当然か。

ニンとは一度別れ、俺はハイエナと二人きりでその部屋へと入っていった。

ちらとハイエナを見ると、彼と目が合った。

それから、彼はこちらへとやってきた。

「ルード、ですよね？」

「え？　……る、ルードではあるが」

ハイエナの様子が変だ。

何やら感動したかのような顔でこちらをじっと見てきている。

「ケイルド迷宮を攻略し、そして……今現在王都の迷宮を攻略しているルードで間違いないですね？」

「……え、あ、ああ」

ハイエナはこちらへとやってきて、それから両手を握りしめてきた。

な、なんだ？　顔を見ると、彼はキラキラと輝いた目を向けてきた。

「ルード、いや兄貴！」

「は、はあ!?」

「オレ！　ルードの兄貴に憧れていたんです！　こうして出会えて光栄です！」

「……」

と、突然のことに、反応に困る。

しかし、ハイエナが嘘をついているようには見えない。

ぎゅっと手を握ってきた彼に、頬が引き攣る。

一体どんな話し合いをするのかとあれこれ警戒していたものが、すべて崩れ去った。

「わ、わかったから」

とりあえず、彼を落ち着けるように声をかけてからお互いソファに座った。

それにも一悶着があったんだけど。

「そ、そんな！　オレみたいな人間がソファに座るなんて……！　オレなんて床でいいです！　いや、床に座ることさえおこがましい！」

「いや、普通にソファに座ってくれ、頼むから」

「なんと、お優しい方！」

そんなこんなで床に座ろうとしたハイエナを何とか向かい側のソファに座らせてから、俺は彼に問いかけた。

ハイエナから話を聞いていくと、衝撃的な事実を確認した。

「……つまり、二大クランの集まりの時にいたんだよな？」

以前、ケイルドの街で行われた集会の際に、彼らも参加していたようだ。

当時は、クランの下っ端としてだったそうだが。

「そうっす！　あの時、ルードの兄貴がケイルド迷宮を突破したのを見て……そして、感動したんです！　ルードの兄貴のような人にオレたちもなりてぇ！　って！　それから、オレはルードの兄貴に憧れている冒険者たちを集め、クランを作りました！」

「ハイエナの短剣がそれなのか？」

「名前は思いつかなかったので、適当につけてもらったんですけどね！」

「……そ、そうか」

自分の名前をつけるなんて凄い度胸だ。けれど、リーダーについては覚えやすいため、悪くはないのかもしれない。

ただ、リーダーが変わったあとも名乗り続けるのかどうかは検討の余地がありそうだ。

参考にはしようか。

「オレがクランリーダーで、サブリーダーにはファミーというギルド職員兼冒険者の女性にお願いしています」

……どこかで聞いたことのある名前だなぁ。

もしかしたら、ファミーに相談すればわざわざこの屋敷に来なくとも会えたのかもしれない。

「ファミー、か。俺も一度だけ話したな」

「聞きました！ ファミーの奴に散々自慢されて苛立っていたんですよ！ ルード様と話をしました、手を握りました！ チューしましたとか何とか！」

「チューはしてないぞ」

「あいつ！　やっぱり嘘ついていましたか！　あとでボコしてやります！」

……加減してな。

ハイエナの様子に頬が引き攣る。

というか、最初に抱いた印象と真逆だ。……悪人のような顔つきをしていたからな。

とはいえ、これはチャンスだ。

「ハイエナ……一つ確認したいことがあるんだが、大丈夫か？」

「ルードの兄貴にならら何を聞かれても答えますよ！　なんですか⁉」

「……図書館迷宮に入ったって聞いたんだが、その迷宮で男性と会ってはいないか？」

図書館迷宮と聞いて、ハイエナは顔を顰めた。

「あの迷宮、ですか……オレたちは一階層くらいしか見ていないですけど、男性については知りませんね」

「……そうか」

グラトの名を出して尋ねてみても、知らないと言う。

ハイエナたちの仲間というわけでもないのか。一体、グラトは何者なのだろうか？

結局、彼に関する新しい情報は何も得られていない。

あとでグラトになんて報告しようかな。

もう一つ、質問したいこともあった。

「ハイエナ……ニンのことはどう思っているんだ？」

これは大事なことだ。

しかし、ハイエナは首を傾げた。

「え？　いや、まあ別に特には。なんかルードの兄貴がニンの婚約者だとか話を聞いて、もしかしたら会えるかも！　って思って承諾したんですけど……まさかルードの兄貴から奪うなんてそんなことは考えていませんよ！　オレも貴族の立場もありますから、おおっぴらには言えませんが、そんな結婚なんて今は考えてないです！」

……くしくも、俺と同じ理由でこの場に来ていたのか。

ハイエナはすっと頭を下げてきた。

「けど、その……とりあえず、決闘に関しては……全力でやらせてください。オレはルードの兄貴と戦ってみたかったんです！」

まっすぐな目でハイエナはこちらを見てきた。

そこまでされて、無視することはできないし、わざと負けてくれなんてことも言えない。

「わかった。……恨みっこはなしだからな？」

「ええ、もちろんです！」

ハイエナと一度視線をかわした後、俺はハイエナとの戦いについて考えていた。

決闘が行われるのは公爵家の庭だ。私兵の訓練場というものがあるようで、そこを使わせてもらうことになった。

ラルザード氏とニンは並んで立っていた。俺たちの決闘に巻き込まれないよう離れた位置からこちらを眺めている。

「ルード、負けるんじゃないわよ！」

「ああ、わかってる」

ニンの声援に頷いて返し、俺はハイエナと向かい合った。

彼が手に持っていたのは短剣だ。鋭そうなその短剣をじっと見る。

ハイエナの武器はそれ一つ、のようだ。

執事が俺たちの間へやってきた。この決闘において、審判を務めてくれるようだ。

「勝負に関しては、どちらかの外皮が削り切れるまでとします。ポーションなどの外皮を回復する道具の使用は禁止です。外皮を回復するためのスキルなら、許可します」

基本的な決闘のルールだな。

「オレはどっちにしろ持ってないな。ルードの兄貴はどうだ？」

「俺も持ってないな」

ハイエナには口調を戻してもらった。とはいえ、「ルードの兄貴」という言葉に、ニンが首を傾げていたが。

できればそこも、直してもらいたかったが、ここだけは譲れないそうだ。

「承知しました。それでは……試合を開始してください！」

執事が声を張り上げ、俺たちはじっと睨み合う。

開始の合図は出されたが、だからといってすぐには動き出さない。

特に俺は、どちらかというと相手にカウンターを合わせるのが基本の戦い方だ。

ハイエナはどのように戦うのだろうな。

得物が短剣ということは小回りが利くような動きであるのは予想できる。手数を活かした攻撃だろうから、一度攻撃を決められるとそこから連続で外皮を削られるかもしれない。

とはいえ、Aランクの冒険者であることはベルトリアとの会話ですでに知っているので、おおよその力量は予想できる。

ハイエナの足が僅かに動く。それに一瞬視線を向けた瞬間、彼が動いた。

――速い。

距離を一気に詰められ、短剣が伸びてきた。

正面側からの攻撃であれば大盾で受け止められる。ハイエナの短剣を受け止めたが、すでにハイエナは俺の側面へと移動していた。

……速すぎるな。それに、一撃だって決して軽くはない。

彼の速度に余裕を持って対応するには、今のままではだめだ。

俺は魔力によって肉体を強化していき、ハイエナの速度へとついていく。

ハイエナの顔に笑みが浮かんでいる。この戦いを、楽しんでいるようだ。

それは俺も同じだ。

ハイエナは地面を蹴りつけ、右に左に移動していく。

彼の攻撃に大盾を合わせながら、俺も持っていた剣を最小限に振りぬく。

そうして、ハイエナの動きを制限するように立ち回っていった俺だったが、ハイエナの攻撃によって少しずつ外皮が削られていく。

俺の攻撃はまるで当たらない状況が続いていく。

とはいえ、俺の外皮はまだまだ多い。ハイエナとしては、削り切るまでまだまだ長いだろう。

俺は大盾で捌きながら、じわじわと攻撃を繰り出していく。

それから五分ほど攻防は続く。

９９９９あった俺の外皮は、５０００ほどまで減っていた。

時間経過で微量ながら回復しているので実際削られているのはもう少し多いだろう。

ハイエナの笑みが濃くなっていく。彼は現状を有利だと認識しているのかもしれない。

対面してわかる。勝利に対しての興奮のようなものを抱いているのが。

楽しんでいるところ申し訳ないが、この戦闘もここで終わりだ。

俺はスキルを発動する。

『生命変換』だ。

このスキルは食らった外皮の数倍を相手に跳ね返すスキルだ。

これの威力を高めるため、ハイエナの攻撃を致命傷にならない程度に喰らっていた。

スキルを発動しこれまで受けてきたダメージの数倍の威力を、剣に乗せる。

俺の変化に気付いたようだ。ハイエナが距離を取るように後退したが、それに合わせ俺も突っこんだ。

ハイエナが回避しようとしたが、魔力による身体強化をさらに強め、彼の速度を上回る。

驚いた様子のハイエナの体へと、剣を叩きこむ。

「ぐ……あが!?」

ハイエナの悲鳴が聞こえた。

続いて、ハイエナの体が吹き飛んだ。

これまで俺に与えてきたダメージを数倍にして返したのだ。

まともに耐えることはできないだろう。吹き飛んだハイエナはよろよろと顔を上げたあと、満足そうに微笑(ほほえ)んでがくりと倒れた。

外皮しか傷ついてはいないはずだけどな。

近づいて、ハイエナの状態を確かめてみると――。

「る、ルードの兄貴のスキルを喰らえたなんて……ほ、本望だ」

幸せそうに呟(つぶや)いた彼は意識を失った。

……まったく怪我(けが)はしていない。まさか嬉(うれ)しくて気を失ったのだろうか？

治療のために待機していた公爵家の人々が慌てた様子でハイエナの状態を確かめているが、不思議そうに首を傾(かし)げている。

ひとまず、治療は彼らに任せておこう。

決闘を終えた俺は、ラルザード氏へと近づいた。

「決闘は終わりました。……まだ、何かありますか？」

「……実力は、本物のようだな」

ラルザード氏は渋い顔でこちらを見てくる。

俺が決闘に勝ったのが気に食わなかったのかもしれない。

「そう言っていただけて、光栄です」

「……ニン。本当に彼でいいのか？」

「ええ、もちろんよ。ていうか、下手(へた)な相手用意してもらっても、あたしは認めないわよ」

じっとニンとラルザード氏が睨(にら)み合う。

しばらくして、彼はため息をついた。

ラルザード氏は一度目を閉じ、それからゆっくりと頷(うなず)いた。

「ルード。とりあえずは、お前を認めよう。……だが、もしもニンに何かあったら刺し違えても殺すからな！」

「……はい、わかりました」

ラルザード氏はふんと鼻を鳴らし、屋敷のほうへと去っていった。

完全には認めてもらったわけではないのだろうが、とりあえず誤魔化すことには成功したようだった。

……これで、全部嘘でした、とバレたら俺は殺されるのではないだろうか。

ニンに頼まれたとはいえ、とんでもないことを引き受けてしまったかもしれない。

屋敷からの帰り道。俺はニンと歩いていた。

ハイエナは無事意識を取り戻した。

まったく怪我はしていないんだからそりゃそうだ。むしろあそこで意識を失っていたことのほうが驚きだ。

彼には色々と世話になったものだ。

また後で、会う機会があれば改めてお礼を伝えよう。

とにかく、ニンの婚約者に関しての問題はひとまず解決することができてよかった。

隣を歩くニンの顔も晴れやかなものだ。

「ありがとね、こんなことに付き合ってくれて」

「俺も色々助けられてるからな。気にしないでくれ」

ニンが困っているというのなら、手を貸したい。

俺は本気でそう思っている。

ちらと見ると、彼女は少し頬を赤くしていた。

「それなら良かったわ。今日の分も含めてあんたの助けになるように頑張るわね」

「……ああ、ありがとな」

ニンはうちの貴重な回復役だ。彼女がいなくなれば、今まで通りに迷宮攻略を行うのは不可能だ。

そのまましばらく沈黙のままに歩いていた。

ニンがここまで静かなのは珍しいな。そう思ってちらと見ると、彼女と目が合った。

「ねぇルード」

「なんだ？」

いつもと同じ調子で問いかけてきたのだが、ニンの表情は少し違った。

「でも、ルードが本気であたしの恋人になりたいっていうのなら、いつでも言いなさいよ」

にこりと微笑(ほほえ)み、そう言ったニンに俺の心臓がはねた。

夕陽に染まっていた彼女の頬は赤みがかっている。それはきっと、景色だけのものではないだろう。

○

宿屋に戻りニンと別れたあと、しばらく部屋で休んでいた。

それから、夕食でも食べようかと部屋を出ると……何やら騒がしかった。

一体どうしたのだろうか？　二階から階段を降り、食堂へと向かう。

この宿は食堂も併設されている。少しお値段は高いが、その分美味しい料理を提供してもらえるのだ。

食堂へと到着して、騒がしかった原因が判明する。

マリウスたちだった。

「ど、どんだけ食べるんだ」

食堂にいた人たちがそんなことを呟いている。

「問題は……食欲だけじゃないぞ……財力もだ」

客たちがマリウス、アモン、そしてグラトを見ている。

彼らは一つの席を陣取り、食事をしているのだが……その量が凄まじい。

すでに空になった皿が大量に置かれている。

しかし、まだ食べ終わったわけではないようだ。

未だに三人は食事をしているのだからそりゃあ注目も集めるというわけだ。

アモンは幸せそうにケーキを口に運んでいる。

マリウスはひたすらにパンや米類をおかわりしている。

グラトもそれなりに食べるようで、二人に並ぶように食事をしている。

彼らのテーブルには、空になった食器が積み重なっていく。

食べ終わっては次の注文を……という感じで繰り返している。

ここは食べ放題のお店じゃないんだが……。

俺が呆れながらに三人を見ていると、ぴくりとグラトが眉尻をあげてこちらを見た。

彼は口元を布で拭いながら、首を傾げた。

「あっ、おかえり。どうだったの？」

「ニンの件は終わったが……」

結局、グラトのことは何もわからなかった。

何と伝えようかと迷っていると、グラトは首を横に振ってから微笑んだ。

「何もわからなかったって感じかな？」

「……悪いな。グラトのことは知らないって言われてしまった」

「気にしないで。記憶喪失は残念だけどこの生活も楽しいからね」

そう言って手元の皿へと手を伸ばし、嬉しそうに微笑む。

それが彼なりの優しさなのかもしれない。

「とりあえず、今後も迷宮の最奥を目指すつもりだ。一緒に頑張ろう」

「うん、そうだね。僕もできる限り全力をもって挑むからね」

「……無理な相手には挑むなよ」

前にハンマーゴリラに潰されたことを思い出す。

グラトは口に肉を運びながらぐっと親指を立てた。

「任せて」

ほ、本当に理解したのだろうか？

多少不安ではあったが、グラトはひとまず落ちこんだ様子はないようで、ほっとした。

俺とグラトが話していると、口に肉を放り込みながらマリウスがこちらを見てきた。

「ルード、戻ってきていたのか。ほら、おまえもこっちに座って食え食え。今日はアモンの奢(おご)りだ」

「奢ると言ったのはグラトの分だけじゃよ。おまえは自分で払うといいんじゃ」

「なんだと!?　騙(だま)したのか!?」

二人とも、口に入れたまま話すな。

俺も近くの席に座る。

この状況で一緒に食事をすると、俺まで大食いに参加するのかと思われるかもしれないが、俺はあくまで常識の範囲内での食事だからな。

そんな期待するように見てくるんじゃない。

○

次の日。

ひとまずニンの問題も解決したため、俺たちは迷宮攻略を再開する。

現在攻略済みの十五階層に移動し、軽く準備体操をしてから、十六階層に移動する。

いつものように索敵ができるアモンを先頭に、俺たちは迷宮内を移動していく。

「ここからまた新しい魔物が出てくれればいいいんだけどね」

グラトはぽつりと呟く。

これまでの魔物たちは、グラトでは一切戦うことができない魔物たちだったからな。

十六階層も構造自体は変化していない。

グラトがうずうずとしているので、早く魔法を使ってくる魔物と出会いたいものだ。

そんなことを考えていると、先頭を歩いていたアモンが不服そうに口を尖らせた。

「むぅ、それにしてもまたここも同じような風景じゃのぉ。もっと楽しませてほしいものじゃな」

確かにアモンが言うように、今ここが何階層なのかわからないほど、すべての階層が同じ構造だった。

冒険者を混乱させるという意味では素晴らしい迷宮だと思うが、アモン的には不満なようだ。

迷宮の管理者にも色々いるだろうが、アモンはどちらかといえば冒険者を楽しませようとする側だ。

しかし、本来迷宮というのは冒険者を仕留めるためにあるものだ。

そうなると、今のように自分たちが何階層にいるのかわからなくなるほうが良いのでは？

この迷宮は冒険者を仕留めるために特化している迷宮なのではないだろうか、と思う。

十六階層を進んでいく。周囲を警戒していると、魔物の出現地点が理解できた。

あそこに魔物が出てくるな。

アモンもすでに気づいているようで、扇子で片手を叩いていた。

「ルード、どうするんじゃ？」

「いつものように戦ってみよう」

「それじゃあ、任せるのじゃよ」

俺が前に出て、アモンが後退する。

念のためにリリィの支援魔法で強化してもらってから、俺は前に出た。

その瞬間、大地から飛び出すように魔物が出現する。

それはゴースト系の魔物だ。全長は三メートルほどはある巨大な幽霊。

まるで布団を被ったかのような見た目をしていて、ふわふわと浮かんでいる。

丸い点のような目は、一見すると可愛(かわい)らしさがあった。

レイスか。数は一体だ。

こちらをじっと見てきたレイスは、やがてその口元の辺りを歪めた。まるでサメのように鋭い牙が見えた。

すると、その足元に魔法陣が出現する。魔法を使ってくる魔物。放たれた水魔法を、俺は大盾で受け止める。

体が押されるほどの威力だったが、大盾で殴りつけるようにして魔法を弾く。

レイスはすかさず魔法を連発しようと準備していた。魔力が練りあがるのがわかった。

まずは『挑発』を入れた俺だったが、ちらとグラトを見る。

相手が魔法ならば、彼の出番ではないだろうか、と思ったからだ。

「任せて」

彼はウキウキとした様子で持っていた杖をレイスに向けながら、俺の隣へとやってきた。

レイスの魔法が放たれた。少し心配だったが、グラトの目は緩んだ。

まるで、その魔法ならば問題ないと言わんばかりの表情だ。

「イオート」

グラトが短くそう言った瞬間、水の砲撃はグラトの体へと直撃した。しかし、彼の体に当たった瞬間に魔法は消えた。

グラトは、魔法を反射できると言っていた。しかし、魔法は反射されず、消滅した。

一体どういうことだ？

レイスは僅かに驚いた様子でこちらを見ていた。しかし、連続で魔法陣が浮かびあがる。

再び、レイスが魔法を発動しようとしている。

グラトは杖の先をレイスへと向けると、

「サモン」

グラトの口から綺麗な言葉が漏れると、水の魔法がまっすぐにレイスへと向かっていく。

それは先ほどレイスが放った魔法と同じものだ。しかし、威力はけた違いだ。

レイスの体を水魔法が貫いた。レイスの体はまるで空気が抜けるかのように萎んでいって、最後には地面へと吸い込まれて消滅した。

「ふふふ」

グラトはいつもの変わらない表情ながらもどこか誇らしげに胸を張っている。

……なるほど。

確かに魔法に対してはかなりの力を有しているようだ。

「凄いわね……あんなあっさり魔法吸収しちゃうなんて思わなかったわよ」

ニンも感心した様子でそう言った。アモン、リリィも同じような様子だ。

魔法吸収に関しては、特に魔法使いたちから大きな支持を得られたようだ。

「ふふん。まあ、ここからは任せてよ。これまでずっと足を引っ張っていたからね」

やはりついてくるだけ、の状況はストレスが溜まっていたようだ。

先頭に立ったグラトは堂々とした立ち方をしている。先程の魔法で仕留めた自信もあるのだろう。いつもよりも彼の体は大きく見えた。

「なあ、グラト」

「何かな」

「さっきの魔法はどのような魔法なんだ？」

「魔法を吸収して、放っているんだよ」

「威力も上がっているように見えたけど……」

「吸収した魔力に僕の魔力を追加したからね。僕は僕の視界に入った魔法ならいくらでも吸収……あいた」

グラトの体が僅かに動いた。見れば、アモンが背後から魔法を放っていた。

軽い風魔法だ。

「何をするのかね」

グラトがじとっとアモンを見る。

「いや、おぬしの魔法が気になったからの。背後からならば吸収はできぬということかえ？」

「そうだね」

「それならば、これはどうじゃ？」

アモンが扇子を軽く振ると、風の塊が出現した。

その高密度の風の球は、耳障りとも思えるような音がした。

風を切り裂くような魔法だ。あんなものを喰らえば、全身がズタズタになるだろう。

「吸収可能だよ」

「……ほぉ、それならば使っても良いかえ？」

アモンは少し対抗心が燃えたようだ。グラトはこくりと頷いた。

……大丈夫か？　グラトはたまに見栄を張る。ハンマーゴリラの時を思い出し、少し心配になる。

アモンが扇子をグラトへと向けると、グラトは片手を向けた。

「イオート」

そうして、先ほど同様に短い呪文を唱えると、彼の体に魔法が消えた。

本当に吸収してしまった。

ニンも魔法を解除する魔法を使用することができるのだが、それとはまた違った意味でこれは凄い魔法だ。

視認さえできれば、なんでも吸収できる。便利すぎる魔法だな。

「……聞いたことないわね。固有魔法ってことかしら」

魔法は教えてもらえば誰でも使える基本魔法と、生まれ持った人しか使えない固有魔法の二つがある。

例えば、ニンの回復魔法は厳密には基本魔法とは違うらしい。リリィも回復魔法は使えるが、ニンよりも性能が劣る。

「ほぉ……わしの魔法はそれなりに強化したつもりだったのじゃが……なるほどのぉ」

「確かに、かなり強力な魔法だね。でも、視界にさえ入れば怖くはないよ」

グラトはしばらくアモンの魔法を吸収していたが、途中で外へと放った。

ふうとグラトは腹をさするように息を吐く。

「グラト、魔法の吸収はどのくらいしていられるんだ？」

「んー、10分くらいかな？　それ以上吸収しているのは負担になるかも」

「……なるほどな」

つまり、だ。

アモンが扇子を開き、にやりと笑った。

「アモン、俺が言いたいことわかったのか？」

「まあの」

「どういうこと？」

グラトが首を傾げたところで、俺は彼に伝える。

「つまり……おまえ、別に相手が魔法攻撃してこなくても、誰かに魔法を貸してもらっていれば一応戦闘に参加できるんじゃないか？」

例えば、ハンマーゴリラとの戦闘前だ。

俺たちは探知魔法もあり、敵を事前に発見できる。だから、アモンの魔法でも吸収しておけば、戦闘の途中で使用することも可能なはずだ。

グラトの魔法はグラト自身の魔力も混ざることで威力が上昇するんだし、決して無駄な手間ではない。

他の人たちが魔法を放つには、魔力を練り上げる時間も必要なのだが、グラトはそのまま吐き出すこともできる。

要は魔法のストックができるのだから、便利ではあるはずだ。

「……なんと！」

グラトは一瞬目を見開いてから、ぽんっと手を叩いた。

その様子に俺たちは苦笑するしかなかった。

グラトの魔法をもっと早く見ていれば、この提案はできただろう。

元々、グラトは魔法を反射することができる、と言っていたからな……。

吸収し、維持ができるのならば別の使い方もできるというものだ。

〇

さて、グラトの魔法の仕組みについて理解したことで、戦闘に参加することが増えた。

特に今の階層はグラトの独壇場だ。

レイスの魔法をすべて吸収し、跳ね返して終わりだ。

グラトの魔法が優れているのはそれだけではない。

ちょうど今、グラトの吸収魔法の別の使い方を試すところだった。

相手はレイスだ。

アモンが風魔法を放った瞬間に、グラトも魔法を放つ。アモンからもらっておいた魔法だ。

彼女の魔法とグラトの魔法がぶつかると、より強大な風の塊となり、レイスへと迫る。

回避が間に合わなかったレイスの体を風魔法が切り裂いていく。

……魔法同士の共鳴、吸収。

魔法と魔法が組み合わさり、より強力な魔法へと強化される現象だ。

例えば同じ属性の魔法をぶつければ、単純により大きなものとなるのは簡単に想像できるだろう。

この際、単純な足し算で強化されるわけではない。1＋1＝2ではなく、3にも4にもなるのが魔法共鳴なのだ。

これは、基本的に発生することは滅多にないと言われている現象だ。

この現象は魔力が同じ場合に発生するのだが、同じ質の魔力を持つ者は基本的にはいない。

生まれた瞬間に、人によって魔力自体が違うからだ。

ただ、魔力自体はその日の体調によっても変化するため、世界中の人を探せば、一人くらい適合する人もいるかもしれないということはある。まあ、次の日には変わってしまっていることもあるが。

例外があるとすれば双子だ。

例えば、リリアとリリィだ。彼女らは双子ということもあって、魔力の質がほぼ同じだ。

だから、魔法同士を共鳴、吸収して威力を上げることができる。……まあ、リリアがそれほど魔法を得意としていないので、無理にやる必要はあまりないのだが。

グラトの場合は、吸収した魔法に彼の魔力を加えて強化、という過程をすっ飛ばして放てば、相手とまったく同じ魔法を使用できるのだ。

……つまり何が言いたいかというと、相手の魔法に合わせ、別属性同士を組み合わせ、まったく新しい魔法を生み出すことも可能というわけだった。

逆に、グラトが相手の魔法を吸収して放つ際に、グラト自身の魔力を込めないと相手との魔法共鳴が発動してしまうため、注意が必要だ。

「これは面白いのぉ！」

魔法大好きアモン先生が、目を輝かせながら魔法を放つ。

次に現れたレイスが犠牲者だ。

アモンは水魔法を放ち、グラトはもらっていた風魔法を放った。

次の瞬間、属性違いの二つの魔法が組み合わさった。

アモンの水とグラトの風。その場に大きな渦潮が出現し、レイスを引きずり込む。

引きずり込んだレイスの体を、風の刃が切り裂いていく。逃れようともがいたレイスだったが、脱出不可能だった。

……え、えげつない。

このように、魔法を組み合わせることでより強力な魔法へと変化させることができるのだ。

「つまり、私の水魔法と回復魔法を組み合わせると……よし、グラトちょっと魔法渡すわよ」

「わ、私も色々やってみたいんですけど……っ」

ニンとリリィも、魔法を使うのが好きな人たちだ。便利な魔法の開発に忙しそうだ。

ニンが先ほど発言した魔法として、回復の雨を降らせることができた。……まるでポーションの雨のようだ。

体に触れた雨が、体に吸収され、回復してくれる。そんな風に色々な魔法が使えるというわけだ。

「なんだか盛り上がっているな」

「……そうだなぁ」

マリウスは不服そうである。レイスが出現してから、あまり戦闘に参加できていないからだろう。

「早く先に進もうルード。いい加減、あの幽霊相手では歯ごたえがなくてつまらん！」

「とはいえ、今日は二十階層で攻略終了予定だぞ？」

これまでの傾向から、恐らく二十階層まではレイスが続くだろう。

それが予想できたようで、マリウスは頬を膨らませる。

「……むぅぅ！　実につまらんな！　今日は終わった後ギルドに行って依頼でも受けてくるとしようか！」

「無茶はしないようにな」

そんな話をしながら、俺たちはさらに階層を降りていった。

○

グラトのおかげで、レイスがいた階層はあっさりと突破することができた。

これまでの迷宮攻略同様、階層を進むたびレイスは強くなっていった。

魔法の威力も上がっていったのだが、それはつまりグラトの魔法の威力も上がるということだった。

次で二十階層だ。この階層で終わりにする予定だったのだが、アモンの表情が険しくなった。

それは彼女だけではない。マリウスも同じだった。

何か、ある様子だ。

俺がふたりに問いかけようとした瞬間だった。

嫌な魔力が溢(あふ)れた。

その魔力の場所をたどっていくと、ちょうど視線の先に黒い魔力が集まってくる。

はっきりと視覚化できるほどに濃い魔力となり、俺たちの眼前に人型の魔物が現れた。

全身は黒く、まるで鎧のようなものをまとっている。

おまけに、右手には長剣が握られている。

「中ボス、といった感じかしら？」

ニンの声が、耳に届いた。

中ボス、か。

迷宮によってはニンが言うように途中に強力な魔物が出現することもある。

この階層を満たす魔力はまさにそれに近い感覚だった。

だかり俺もてっきりそれなんだと思っていたのだが——。

「魔王……」

アモンがぽつりと呟いた。

彼女の言葉に俺たちは顔を見合わせる。

「……魔王？　本当なのか？」

確かに、異質な魔力ではあるが、魔王というには魔力が少ないように感じる。

「うぅむ……似ているようじゃが、どうにも違うんじゃよな……」

「……オレも同意見だ。ただ、それなりに強い奴であることは確かだろうな」

マリウスの表情も引き締まっている。刀を握る手に力がこもっており、その様子からそこに現れようとしているのが魔王なのかと思う。

「魔王……？」

状況を理解できていないグラトが不思議そうに首を傾げていた。

ニンが杖を持ち上げながら、口を開いた。

「人類の敵で……とにかくやばい奴よ。魔法を使わなそうだったら、前に出るんじゃないわよ」

「わかった」

グラトがささっと後ろに行く。

俺は大盾を構え、そいつが形を取るのをじっと待っていた。

魔力は完全に人型となる。

現れたそいつは、全身が真っ暗な体をしていた。

その姿は、たぶん俺に似ていた部分もある。

魔力を取り込みすぎたとき、この魔王のような姿になっていたはずだ。

「こいつが、魔王なのか？」

問いかけるが、しかし、アモンからの返事はない。

アモンもマリウスも返事に困っているような顔だった。

……わからない、か。

「ガァァ！」

……魔王と思われるそいつが飛びかかってきた。

速い！

これまでに戦ってきたこの迷宮の魔物たちなんて目ではないほどの速度だ。

長剣が振り下ろされる。大盾で受け止めると体が沈むような衝撃だ。

攻撃はそれだけではない。

まっすぐに向かってきたそいつからは、黒い魔力が溢れていた。

それもまるで、自我を持ったように迫ってくる。

それは鞭のようにしなり、しかし黒い影の先は鋭く尖り、俺へと向かってくる。

大盾で魔王を突き飛ばし、迫る黒い影をかわす。

体に迫ってきた一撃を大盾で受け止めると、金属音が響く。

影はまるで針のように鋭くなっているが、どうやら見た目の通りの鋭さがあるようだ。

攻撃を弾くと、マリウスとリリアが突っ込んだ。

魔王の体を狙っての二人の攻撃だ。

魔王は二人の攻撃をかわしながら足を振り抜いた。

マリウスにもリリアにも当たらない。動きは速いが、俺たちが対応できないほどではない。

『挑発』を発動すると、魔王はこちらへと向かってくる。ギリギリまで引きつけたところで、横に跳んでかわす。

かわしながら振り返ると、魔王はすぐに長剣を振り下ろしてきた。

大盾で受け止める。力は……俺のほうが上だ！

目いっぱい力を込め、魔王の体を突き飛ばした。

魔王を突き飛ばした先には、魔法が用意されている。

その魔法はアモンとグラトのものだ。

グラトがアモンから魔法を貸してもらい、その二つを組み合わせたんだ。

魔王は頭からその魔法へと突っ込んでいく。

風魔法は、魔王の全身を切り刻んでいく。

「ガアア！」

悲鳴をあげた魔王が風魔法から逃れるように地面を蹴ったが、逃げた先へニンとリリィの魔法が迫る。

ニンとリリィの魔法に撃ち落とされた魔王が体を起こす。

そこへリリアの剣が迫る。リリアが振りぬいた剣は魔王の肩へと突き刺さり、怯(ひる)んだ魔王へさらにマリウスが追い打ちをかける。

その一撃は魔王の首へと吸い込まれた。

刀は勢いのままに振りぬかれ、魔王の首を切断。

同時に、魔王は膝から崩れ落ちた。

……それで、終わりのようだ。

本当に魔王なのか？　驚くほどに手応えがなかった。

魔王の体は足先から霧のように消えていく。

アモンを見ると彼女も考え込むように眉間を寄せている。

「うぅむ。魔王に魔力は似ているのじゃが、どうにも変な感じじゃの」

「やっぱりそうだよな……」

手応えがなさすぎるんだ。

魔王ならば、もっと強い力を持っているはずだ。

消え去っていく黒い魔王をグラトがじっと見ていた。

「やった、でいいのかな？」

「……とりあえずは、な」

ただ、油断するわけにはいかない。絶えず視線を向けていた。

体の足先から消えていった魔王の体は、残すところ頭だけになった。

そのときだった。魔王の目に一瞬だけ理性の色が見えた。

その変化にいち早く気づいた俺が警戒していると、口元が僅（わず）かに動いた。

「グラト……」

魔王だった存在は最後にそのような言葉を残した。

グラトは驚いた様子で魔王へと近づく。

「……何か、僕について知っているのか？」

グラトは呼びかけた。

しかし、その黒い影のような存在は言葉を紡ぐよりも前に、完全に消滅した。

これで……二十階層を突破したということでいいのだろうか。

疑問が残る戦いではあった。

「なぜ、僕の名前を知っていたんだろう？」

グラトが考えるように呟く。

グラトも魔王に関係しているのだろうか？

俺だって、その可能性をまったく考えなかったわけではない。

迷宮にいたのだから、魔王に近しい人間である可能性は十分考えていた。

「グラトは、何もわからないか？」

「……うん」

グラトは考えるように顎に手をやる。

「それなら、気にするな。一番奥にまで向かえばわかるかもしれないからな」

グラトは少し落ち込んだ様子で頷いた。

これ以上迷宮攻略を行うという空気もなくなり、俺たちは脱出することにした。

「人類の敵……」

迷宮から出るとき、グラトはそんなことを呟いていた。

○

迷宮から街へと戻ってきた。

空を見上げる。まだ、夕暮れ時だ。

いつもよりも早い時間だ。それは良いのだが……。

俺はちらとグラトのほうを見る。

二十階層での戦いの後から、彼は落ち込んでしまっていた。

……魔王らしき存在から名前を呼ばれたことに色々と思うところがあるようだ。

彼に何か伝えようと思ったが、駄目だ。

何も思いつかない。

結局、グラトに何も言えないでいると、ちらとマリウスが振り返った。

「ルード、オレはまだ動き足りないしギルドで依頼でも受けてこようと思う」

相変わらず、元気な奴だな。

「マリウス、わしも手を貸すぞ」

意外にも、アモンがそう言った。扇子をぴしっと構え、笑みを浮かべている。

「ふん、別に必要ないぞ？」

マリウスが拒絶する。俺としては、万が一に備えて二人で行動してほしいものだ。

「魔物の探知に時間がかかるじゃろ？　わしを連れていけばすぐ終わるんじゃよ？」

その提案はマリウスにとっても魅力的だったようだ。

敵意剥き出しだった表情が、思案するような表情へと変わる。

しばらくマリウスは考えるようにアモンを見てから、口を開いた。

「……なるほどな。だが、おまえがいきなり申し出るなんて何か裏があるのか？」

そんなに敵視しなくともいいじゃないか。

二人とも仲良くやってほしいものだ。

マリウスがじとーっとアモンを見ると、アモンはふっと意味深に笑った。

「何か理由があると思うかえ？」

「オレを背後から奇襲しようとしていないか？」

「おぬしなら正面からで問題ないぞ」

「なんだと!?」

マリウスがアモンをじっと睨みつける。

ケラケラと余裕そうにアモンは笑っている。

「僕もついていっていいかな？　少し暇なんだ」

グラトも小さく手を挙げた。アモンとマリウスが頷いた。

「グラトなら大歓迎だ。こいつと二人だと危険だからな」

「わしの台詞じゃな。グラトがいれば楽に依頼達成できそうじゃしな」

「よろしく」

三人がそう言って、ちらとこちらを見てくる。

「三人とも、気をつけてな。俺は騎士団長に報告してくるからここで解散ということで」

ニンたちにも視線を向けてからそう伝え、歩きだす。

「私は少し用事あるから。それじゃ」

そんな会話が背後で聞こえた。……おお、珍しいな。

リリアがリリィと別れ、一人街へと消えていった。

リリィはニンとともに、冒険者街のほうへと向かっていく。

……珍しい組み合わせだ。リリアがどこに向かったのかも気になるが、リリィたちの行方も気になる。

そんなことを考えながら騎士団の詰め所にたどりついた俺は、そこで見慣れた顔を発見した。

リリアじゃないか。どういうことだ？

肩で息をしている。全力疾走して、俺の先回りでもしたのだろうか？

それとも何か、別の用事があるのだろうか？

疑問ばかりで首を傾げていると、リリアがこちらへとやってきた。

「ちょっと、付き合ってほしい」

「ん？　どういうことだ？」

「リリィのプレゼントで困っている。何かルードの意見を欲しいと思った」

そういえば、リリアとリリィの誕生日だったな。

俺も後でプレゼントを買おうと思っていた。

「……本人に聞いたほうがいいんじゃないか？　俺の意見じゃアテにならないだろ」

俺はもちろんリリィでもなければ、女性でもない。

リリィくらいの年頃の子がどんなものを欲しがるかもわからない。

まだニンに聞いたほうが参考にはなりそうだけど。

「本人に聞いたらサプライズにならない。それに、ルードには妹がいる。これは結構大事だと思う」

「……なるほどな。わかった。何ができるかはわからないが、できる限りは力を貸そうと思う。ただ、騎士団長に報告してからでもいいか？」

「うん、それで問題ない。この辺で待ってるから」

リリアにそう伝えてから、俺は用事を済ませるためにベルトリアへと会いに向かう。

詰め所内にある建物へと入り、そこからいつものように騎士に話をして、ベルトリアが待つ部屋へと案内してもらう。

すぐに通してもらい、俺は部屋へと入った。

ベルトリアに現在の攻略状況を伝えると、感心した様子で頷（うなず）いた。

「……そうか。もう二十階層か。さすがといったところだな、ルード」

俺はお礼を伝えるつもりで騎士団長に一礼をしてから、言葉を続ける。

「先程伝えたように二十階層で見たこともない魔物が出現しました。……今後どうなるかはわからないといった状況ですね」

二十一階層から、あの魔物が出るようになるのか、それとも今までの階層のような魔物が出てくるのか。

「見たこともない魔物、か。ここ最近王都周辺でも似たような光景があってな」

「王都周辺でもですか？」

「ああ。黒い魔物だ。魔力を取り込みすぎたのが原因ではないかと研究した学者たちは言っているのだが……とにかくそいつらは狂暴でな。対処に困っているんだ」

「なるほど」

魔力の取り込みすぎ、か。

それは確かに二十階層に出現したあいつと同じような状況だ。

……アモンとマリウスは、魔王の魔力っぽさも感じていたよな。

魔王が何か、しでかそうとしているのだろうか？

まだ、憶測の域でしかないが、ベルトリアには共有しておいたほうがいいかもしれない。

「魔王が、関係しているかもしれません」

ぴくり、とベルトリアの眉尻が吊り上がる。

「魔王が？　魔王グリードのことか？　奴は厳重に捕獲したままではあるが」

この王都の地下牢に、グリードはいるそうだ。

まだ目を覚ましていないため、詳しい話は聞けていないそうだ。

「……いえ、彼ではありません。まだ魔王は複数いると、グリードから聞きました。そんな現実的ではない影響力を与えられる存在は、魔王くらいしかいないのではないかと思いまして」

アモンたちのことは秘匿している。

だから、濁したような言い方になってしまったが、ベルトリアは納得してくれたようだ。

「なるほどな。ありがとうルード。こちらも気を引き締めなおして調査を進めてみよう。何かわかれば共有したい、これからもよろしく頼む」

「わかりました、こちらもわかり次第伝えますね」

騎士団長への報告を終え、俺は騎士団の詰め所を後にした。

外に出ると、リリアがいた。

壁に背中を預けるように立っていた彼女は、道行く人たちの視線を集めていた。すらりとした美しい体つきだ。注目されるのは当然だ。

あとはリリィさえ絡まなければ……いやまあ、リリィを大事にするのもリリアの魅力の一つではあるんだけどな。

こちらに気づいたリリアが不思議そうに首を傾げた。

「なに？」

じっとこちらを見てきた彼女に何でもないと首を横に振って歩き出す。

「リリィのプレゼント、何か目安はついているのか？」

「一。美味しいもの」

「無難に喜びそうだな」

「二。石鹸」

「まあ、それもいいと思うな」

「三。私」

「それが一番喜ぶんじゃないか？」

もうそれでいいだろ。決まった。

解散。

俺がそう思って宿へと向かおうとすると、首根っこを掴まれた。

「三は冗談。ルードはどれがいいと思う？」

「去年は何をあげたんだ？」

「一緒にご飯を食べに行って……終わり。だから、食べ物は今年はやめようと思う」

「……それなら、物がいいんじゃないか？　リリィって確か、公衆浴場の出入りが多かったよな」

ホムンクルスたちからそんな報告を受けたような……。

リリアは太ももにくくりつけていた短剣を手に取り、首元へと突きつけてきた。

「……覗き？」

「違う……フェアからそう報告を受けたことがあったんだ。一番気に入っているってよく話をするって」

俺が両手を上げながらそう答えると、ナイフが引っ込んだ。ほっと息を吐いた。

変なことは発言できない。

一度深呼吸をして落ち着く。

「それならいい。とにかく、買い物に行こう」

「了解だ」

リリアとともに街を歩いていく。空は暗くなり始めていた。

「それにしても、リリィのプレゼントか。リリアも悩むんだな」

「……毎年、お姉ちゃんのくれるものならなんでもいいって言うから」

「ああ、それは困るな。俺もマニシアに同じように言われるからな……」

リリアと揃ってため息をついた。

なんでもいいは困るんだよな……。

実はリリアとリリィのプレゼントをどうしようかでも迷っていたので、俺としては今のうちにリリアの情報も調べておきたかった。

「リリアは何か欲しいものあるのか？」

「私？」

不審げに彼女が首を傾げる。

さすがに露骨すぎたか？

俺は慌てて口を開いた。

「双子だし、欲しい物とかも似ている部分はあるんじゃないかと思ってな」

誤魔化すようにそう言うと、リリアは考えるように顎に手をやった。

「私は別に思いつかない」

……そうか。

とりあえず、近くの店へと入る。冒険者用のアクセサリーを売っているお店だ。

彼女とともに中へと入り、店内を見ていく。

俺たち以外にも冒険者の姿がある。

店内を見て回っていく。

女性向けのアクセサリーなども置いてあり、ここならリリアかリリィの好みそうなものもあるかもしれない。

二手に分かれ、リリィが欲しがりそうなものを探していく。

魔石を切り崩して作ったキーホルダーのようなものがあった。

色々な動物の形をしたものであり、これなら気に入るんじゃないかと思った。

第一候補だな。

俺が店内をぐるりと一周していると、リリアもキーホルダーのところで足を止めていた。

彼女は犬のキーホルダーを手に持っていた。

驚いたのはその表情だ。

珍しく、彼女の表情が輝いているように見えた。

……犬、好きだったのか？

そんな疑問が浮かぶと同時、リリアがこちらに気づいた。

慌てたような表情だ。彼女は手に持っていたキーホルダーを棚に戻した。

「リリィは犬とか好きなのか？」

「うん、まあ。というか、あの子動物基本好きだし。それが、何……？」

むすっと僅かに頬を膨らませる。普段と同じ無表情に近い顔だったが、多少の照れが混ざっているのは俺でもわかった。

「そうか。それじゃあ、それにするのか？」

「……うーん、他にしようと思う」

俺は彼女が持っていたそのキーホルダーをじっと観察する。俺からのプレゼントの第一候補だ。

そんなことを考えながら、次のお店へと向かった。

〇

そうしていくつかの店を回っていったのだが、結局リリィへのプレゼントは決まらなかった。

「……悩む」

「そうだなぁ。石鹸とか良かったんじゃないか？」

途中見にいった石鹸は、リリィにぴったりと思った。

石鹸は決して高級品ではないが、気軽に買えるものでもない。

プレゼントとしてもらえたら嬉しい範囲だと思うが。

「それは、そうだけど……そうだ。ルード。いいこと思いついた」

「……いいこと？」

俺にとってあまりいいことではない気がするんだけど。

「私がプレゼント選びで悩んでいるとばれないように、うまくリリィに調査してきてくれない？」

とても難しいことを平然と言ってきた。

先ほどリリアに質問をした時点でもバレかけているというのに、どう聞きだせというのだろうか。

「……たぶん確実にバレると思うんだけど、大丈夫か？」

「ルードがプレゼントをあげるんだと誤認させることができれば、まあ許す。私からのプレゼント、とバレなければとりあえずはいい。どう？」

「……な、なるほど」

俺からのプレゼントはバレバレになってしまうんだな……。

いや、まあ別にいいけどさ。そんな隠すつもりはないし。

「了解だ。それとなく聞いてみる」

「うん、あんがと」

結局、リリィのプレゼントを購入するまでには至らなかった。

俺たちは宿へと戻っていったのだが、そこでアモンたちと合流した。

ちょうど、依頼を終えてきたようだ。

「ん？　なんじゃャルードにリリアじゃないかえ。なんじゃなんじゃ？　二人でデートかの？」

アモンがからかうようにこちらを見てくる。

状況だけを見れば確かにそう誤解されても仕方ない。

「ちょっと、リリィのプレゼントを選びに行っててな。ああ、これ内緒で頼む」

アモンはすぐに察してくれたようで、扇子で口元を隠した。

「そういえば、誕生日がどうとか言っていたのぉ。なるほどなるほど。わしも何か用意せんといかんの。リリアも同じ日に生まれたんじゃろ？」

「うん、そうだけど。私別にプレゼントとか必要ない」

「そうは言うな。生まれた日というのは大事なものなんじゃからな。わしがとびっきりのプレゼントを用意してやるんじゃよ」

ふふん、とアモンは得意げに扇子を閉じて、片手を叩いた。

すると、首を傾(かし)げていたマリウスが、

「プレゼントかぁ……肩たたき券とかでいいのか？」

そんなことを言っている。

じとーっとアモンが呆(あき)れた様子で見ていた。

「おぬし、まったくもってセンスがないのぉ」

「なんだと？　ならば貴様は何にするつもりだ？」

「リリアとリリィにわしがこの王都で食べて美味(おい)しかったものをプレゼントするんじゃよ。そうじゃな、トカゲの尻尾とか美味しかったし、それでも――」

「私はあんまり好きじゃないから……」

リリアが頬を引き攣(つ)らせながらそう言った。

「なんじゃそうなのかえ？　それならば、バッタの丸焼き――」

「プレゼントもらう立場であれこれ言うのもどうかと思うけど、虫は無理」

「なんじゃ……それならば、そうじゃのぉ。あっ、カエルのケーキは――」

「た、食べ物以外でお願いしたい……」

珍しくリリアが怯んでいる。

……アモンは残念そうに扇子で片手を叩いている。

アモンには俺の誕生日を伝えるのはやめようか。

そんなことを考えていると、

「……誕生日、生まれた日、かぁ」

グラトが考えるようにその言葉を口にしていた。

グラトの生まれた日、か。

記憶を失っている今、彼がいつ生まれたのかもわからないんだよな。

共に宿の食堂へと向かったところで、グラトがこちらを見てきた。

「僕の記憶が戻らなかったら、生まれた日はいつになるのかな？」

首を傾げていたグラトに、俺は腕を組んで考える。

「……そうだな。俺たちが出会った日とかでいいんじゃないか？」

「そんな適当でいいのかな？」

「生まれた日がわからない子というのもいてな……そういう子は拾われた日とかになるんだ。だから気にしなくても問題ないよ」

元気づけるようにそう言うと、グラトの表情が少しだけ明るくなった。

「そっか。記憶が戻らなくても、出会った日でいいんだね」

「ああ、そういう選択肢もあるな」

「……そっか。それなら、僕はもう迷宮に潜らないほうがいいのかもしれないね」

「……どういうことだ？」

グラトの呟く（つぶや）ような言葉に、思わず聞き返す。

「アモンやマリウスから、魔王について詳しく聞いたんだ。……もしも、僕が魔王に関係する何かだったら……どうしたらいいのかなって思ってね」

「……グラト」

「例えば、だよ？　僕が魔王の手先だとしたら、人類の敵ってことだよね？　そうなったら、ルードたちとも敵ってことだ。……それは、なんだかね。嫌かな。……なんとなくだけど、迷宮の最奥に着いたら自分の記憶も取り戻せるんじゃないかなって思うんだ。たぶん、きっと僕から記憶を奪った人が何かしたんだろうね。……ほぼ、確信みたいなものが、僕の中にあるんだ」

グラトは、自分が何者かがわからないから悩んでいるんだ。

「だから、僕はここで迷宮攻略をやめようかなと思ったんだ」

そう言ってグラトは僅か（わず）かに口元を緩めた。

諦めを含んだ笑みがこちらに向いていた。

「……別に、魔王の手先だろうと、関係ないんじゃないか？」

「え？」

「魔王の手先だったとしても、今のお前がどうしたいかでいいんじゃないか？　俺たちと一緒に冒険者をやりたいならそれでもいい。魔王の手先に戻りたいっていうのなら、俺たちもそれは止めない」

「……魔王の手先でも、友達のままでいられるってこと？」

「ああ、お前がなんだろうと関係ないよ。お前が俺たちと一緒にいたいならばそうすればいい。うちのクランはいつでも待ってるからな」

　俺がそう言って微笑（ほほえ）みかけると、グラトはそんな答えは浮かばなかったとばかりにこちらを見てくる。

「……いいのかい？」

「ああ。……アモンもマリウスも似たようなのだしな」

「そうなの？」

　こくりと頷（うなず）くと、彼は笑みを浮かべた。

「ありがとう、ルード」

「別にお礼を言われるようなことはしてないよ」

　そう返事をしてから、俺も同じように笑いかける。

　別にグラトが何者だろうと関係ない。

俺は、別に危害を加えないのならばなんだっていい。

ホムンクルスだろうと、魔王だろうと、魔物だろうと。

別に、みんなで楽しく笑えればそれでいいじゃないか。

○

次の日。

いつもの通り迷宮攻略を行った。

攻略したのは二十五階層までだ。

黒い魔王の魔力を持つ魔物に襲われることはなく、特に問題のない攻略だった。

攻略を終えた後、俺はベルトリアへと報告に向かった。

二十五階層まで攻略が順調に進んでいることに、いつもの調子で驚かれた。ただ、ベルトリアも多少は慣れてきたようだった。

……問題は今だ。

リリィに、どんなプレゼントが欲しいかを聞きだすため、これから声をかけようと思っていた。

なんと声をかければいいだろうか。

実は迷宮攻略のときからこれで滅茶苦茶悩んでいた。

ちらちらと、リリアがこちらを見てくる。いい加減聞きだした？　という目である。

待ってくれ。まだ何も聞いていないから。

その視線に急かされた俺は、諦めるようにリリィのほうに近づいた。

「リリィ、少しいいか？」

問いかけると、彼女はちらとこちらを見た。

人懐こい笑みを浮かべている。

「なんですか？」

「……ちょっと、あとで二人で話がしたい。時間を作ってもらえないか？」

「え!?　いきなりどうしたんですか！」

リリィが頬を僅かに染める。

そんな彼女の耳元に顔を近づける。

「……リリアにあげるプレゼントで悩んでていてな。相談したいんだ」

リリアに聞かれないよう耳元で小さく伝える。

リリィは少し恥ずかしそうにしていたが、こくこくと頷いた。

「わ、わかりました。リリィがしっかり相談に乗ってあげましょう」

「……ありがとな」

ばしっと胸を叩いた彼女は得意げだ。

頼られたことを喜んでいるように見える。……とりあえず、下準備はこれでいいか。

俺たちは一度宿へと戻った後、リリィと二人で街へと繰り出す。

くしくも、昨日とは真逆の状況だな。

しかし、これは決して悪くはないだろう。

昨日と同じならば、昨日と同じような問いかけが行えるんだからな。

これなら、リリィの欲しいものを簡単に聞き出せるだろう。

我ながら見事な作戦だ。

……ただ、一つだけ気になることがあるとすれば、何者かの鋭い視線が背中にズバズバ突き刺さっていることくらいか。

絶対リリアだ。あとでリリアの誤解を解かなければならないな……。

「でも、お姉ちゃんにプレゼントですかぁ。リリィにはくれないんですか！　色々ルードのお手伝いしてあげるのにぃ」

むすーっとリリィが子どもっぽく頬を膨らませる。

俺は彼女に苦笑を返しておいた。

「それはお楽しみってことで。リリアは一体どんなものが欲しいと思う？」

「うーーーん。……悩みますね。実を言うと、私もお姉ちゃんのプレゼントには悩んでいましてっ……」

相談に乗るときは自信満々な様子で受けていたんだけど、どうやら彼女も悩んでいるようだ。

俺はリリアへのプレゼントはすでに犬のキーホルダーで決めていたので、実はこの質問はあまり意味がない。

リリィが悩むのを前提に、俺は次の質問へと進む。

「それじゃあリリィは何が欲しいんだ？」

「え、私ですか？」

「二人とも考え方似てるし、何か参考になると思ってな」

「うーん、そうですね。別になんでもいいですけど」

これは困る。

リリアにそのまま報告をしたらまたナイフを突きつけられてしまう。

「じゃあ、適当に見ていくか。もしかしたらその中に気に入る物もあるかもしれないし」

「そうですね」

リリィとともに街を歩いていく。まずは昨日回ったお店からだ。

冒険者向けの店へと入り、昨日のキーホルダーの前にリリィを連れていく。

リリィはじっとそこを眺めていたが、猫のキーホルダーを手に取っていた。

ほぉ……なるほどなるほど。

姉のほうは犬が好きなようだったけど、妹のほうは猫か。

目を輝かせているし、間違いないだろう。

二人のプレゼントはこれで確定でいいかな。

「そういえば、リリアもリリィも最近公衆浴場によく足を運んでいるって聞くけど、石鹸とかは好きなのか？」

俺のプレゼントは決まったが、リリアのためにもこれは聞きだしておく必要がある。

「あっ、それは中々目のつけどころがいいですね。お姉ちゃん、結構そういうの好きだと思いますよ。あんまり表情に出さないですけど！」

なるほど……。

リリィも好き、でいいんだよな？

「とりあえず、そっちも見にいってみようか」

「はい」

リリィを引きつれ足を運んだのは石鹸などが置かれたお店だ。

昨日もリリアと共に来ているので迷うことはなかった。

このお店は石鹸専門店ではなく、香水なども取り扱っている。

主に、匂いに関係するものが置かれているお店だ。

客層はどちらかといえば、富裕層が多い。冒険者然とした俺たちはどちらかというと店の中では浮いてしまっている。

リリィも、楽しそうに石鹸を眺めている。

……リリアには、このことを報告すればいいいな。

「ねえ、ルード」

「なんだ？」

「お姉ちゃんは、石鹸をあげたら喜ぶと思いますか？」

一つの石鹸を手に取っていた。

……昨日リリアが気になっていた石鹸を思い出す。確か、オレンジの香りのものだった。

「そうだな。これとかいいんじゃないか？」

俺が一つの石鹸を手に取ると、リリィが悩むように顎に手をやる。

「でも、それだとルードはどうするんですか？」

「俺は他の物にするよ。リリィからのプレゼントが一番リリアにとって嬉しいものなんだから、リリィが一番良いと思ったものがいいんじゃないか？」

そう言うと、リリィは首をぶんぶんと横に振った。それから、まっすぐにこちらを見てきた。

「それは誤解ですルード」

「誤解？」

「はい。お姉ちゃんもきっと、誰からもらえるものでも嬉しいですよ」

リリィがにこりと微笑む。

リリアはあまり表情に出さないが、喜ぶときは喜ぶ。

リリィはそう言いたいのだろう。

「そうか……頑張って選ばないとな」

「はい！　それに、私も楽しみです。ルードからのプレゼント」

リリィはそう言って、恥ずかしそうに微笑んだ。

「……そうか。期待に応えられるように頑張るよ」

すでにプレゼントは決まっている。

あとはそれを二人が気に入ってくれればいいんだけどな。

リリィとともに宿へと戻ったところで、リリアがやってきた。

「二人とも、どこに出かけてたの？」

リリアの圧が凄まじい。リリィははっとした様子でこちらを見てから、首をぶんぶんと横に振った。

「ひ、秘密ですよ！　ね、ルード！」

それは、リリアへのプレゼントを選びに行っていたことを隠すための言葉だったのだろう。

しかし、リリアには別の意味に捉えられてしまったようだ。

俺はリリアに首根っこを掴(つか)まれ、連行される。場所は、俺の部屋だ。

「ルード、どういうこと？」

「……おまえのプレゼントを探しに行くっていう理由でリリィが気に入っていそうなものを聞きだしていたんだよ」

誤解だ、誤解。

だから、ナイフをしまってはいただけないだろうか。

「……ふーん。それで、どうだったの？」

「色々見て回ったけど――」

「二人きりで？」

そこに突っかからないでくれ。

「そこは、仕方ないだろ。とにかく、リリィは石鹸(せっけん)がいいんじゃないかなと思ったな。結構熱心に見ていたし」

「……なるほど」

リリアが考えるように顎に手をやり、それからこちらの肩を叩いてきた。

「リリィに変なことはしてない？」

「ああ、何もしてないから」

「そっか。ありがと、参考にする」

「また何かあったら相談してくれ」

「うん、相談する」

リリアが俺の肩を叩いていき、すっと去っていった。

良かった。これで何とかリリアからの頼みは達成できたな。

第二十四話　グラトの存在

リリアとリリィのプレゼント選びから、二日が経過した。二人のプレゼントはすでに購入済みだ。

二人が見ていたキーホルダーにしておいた。

これが一番無難だろう。

リリアとリリィから追加で相談されることもなかったので、恐らく二人も問題は片付いたんだと思う。

この二日の間、何もプレゼント選びだけで終わってはいない。

迷宮攻略は順調に進んでいる。

攻略階層は現在、三十五階層まで伸ばしたのだ。

今のところ、何の問題もない。このまま順調に攻略を終えられれば、そんなところだ。

今日の迷宮攻略を終え、宿屋へと戻っていたときだった。

「ルード様ぁぁ！」

切羽詰まったような声が聞こえた。

見れば、ギルド職員のファミーが手を振りながらこちらへと駆けてくる。

な、なんだ？

ファミーとの初対面のときを思い出し、思わず警戒してしまう。

しかし、俺の眼前で足を止めた彼女は険しい顔をしていた。

「る、ルード様！　今少しよろしいですか!?」

「……どうしたんだ？」

「緊急事態が発生したんです！　ちょっと今、魔物大量発生中でして、一人でも力のある冒険者の方に協力していただきたく、こうして来たんです！」

緊急事態？　魔物大量発生？

もちろん、王都の危機だというのならば協力する。

皆と顔を合わせると、リリアが一歩前に出た。

「今私たちは迷宮攻略の依頼を仕掛中だけど、それでも問題ないの？」

「は、はい！　これは騎士団長からのお願いでもあります」

ベルトリアの名前が出たということは、かなり大事なのだろう。

「……何が起きているんだ？」

「王都周辺に黒い魔物が発見されていまして……外にて討伐を手伝ってほしいんです」

「……わかった。すぐに向かおう」

「気をつけてください。魔物たちは南門、西門側に発生しています。見つけ次第討伐、という形でお願いできればと思いますが……どうかお気をつけください。魔物たちはかなりの能力を有していますから」

「わかった。みんな緊急の依頼だけど、大丈夫か？」

ちらとニンたちを見ると、こくりと頷いた。

マリウスに至っては、戦いたくてうずうずしているくらいだ。

「それでは、お願いします」

ぺこりとファミーが頭を下げ、それからさらに急いだ様子で駆け出した。

手あたり次第に冒険者を探しているんだろう。

こういう緊急事態が発生したときに、ギルド職員は大変だよな。

南門へと移動すると、俺たちと同じような冒険者たちがちらほらと見受けられた。

そのまま南門を抜けると、外にはかなりの冒険者たちがいた。

あちこちで黒い魔物と交戦している。

……黒い魔物は、俺たちが迷宮で出会った奴とは違うな。

見た目はウルフのような奴や、ゴブリンのような奴などだ。

ただ、すべての魔物が全身を魔力で覆いつくしているため、普通の魔物とは明らかに違うのがわかる。

俺たちも武器を手に取り、近くにいた黒い魔物へと迫る。

黒いウルフだ。黒いウルフが飛びかかってきて、その攻撃をかわす。

速いな。

ただ、図書館迷宮で戦ってきた俺たちなら、対応可能な速度だ。

攻撃をかわし、切り付ける。

……ここで、パーティー単位で動く必要はなさそうだ。

ニンたちの後衛組に魔物が向かわないよう意識を向けながら、魔物と対峙(たいじ)する。

その途中、他の冒険者たちの援護も行っていく。

近くにいた冒険者が、今まさに黒いウルフに襲われそうになっていた。

前衛で戦っていた少年が尻餅をついていて、殺されそうになっていて……さすがにそれを見逃すわけにはいかない。

それを無理やり、『挑発』によってこちらへ引きつける。

本来、狩場で魔物を奪うこういった行為は禁止されているが、今は緊急事態だし許されるだろう。

こちらへとやってきた黒いウルフの首を剣で斬って倒す。

「大丈夫か？」

「あ、ありがとうございます！」

「無理はするなよ」

「……はい！」

少年の冒険者は元気よく声をあげる。仲間たちとともに、別の黒い魔物へと攻撃を仕掛けていた。

……それにしても、かなりの数だな。

ちらと見あげると、まさに空から魔物が襲い掛かってきていた。

鳥を狂暴化したような黒いそいつが、こちらへと向かってくる。

嘴（くちばし）を矢のようにして、鋭く飛びついてくる。攻撃をかわしながら剣で背中を斬りつける。

数は一体ではない。三体ほどを仕留めたところで、悲鳴が聞こえた。

「や、やべぇ魔物が来たぞ！」

その声に振り返ってみると、黒いフィルドザウルスのような魔物がこちらへと向かってきていた。

冒険者たちを食らおうと大きく口を開き、牙を覗（のぞ）かせる。

冒険者は武器を放り出すようにして逃げ出していく。

しかし、一人の少女が逃げ遅れ、転んでいた。

黒いフィルドザウルスが、それを見逃すはずはなかった。

「ガアア！」

「ひぃっ！　だ、だれ……かぁ……！」

少女が杖を抱きかかえるようにして涙を流していた。

俺は魔力を全身に込めてから、そちらへと駆け出した。

同時に、『挑発』を発動する。それまで目の前の少女にしか目がなかっただろう黒いフィルドザウルスは、こちらへと向いた。

そして、体当たりをしてきた。

後ろには冒険者たちがいる。俺がかわせば、巻き込まれる人も出てくるだろう。

だから、正面から受け止める。

黒いフィルドザウルスがまっすぐにこちらへと突進してきたが、それに対して大盾とともに突進をぶつける。

凄まじい衝撃が周囲へと抜ける。

黒いフィルドザウルスがよろめき、体勢を崩した。

「す、すご……っ！」

誰かの感嘆の声が聞こえた。俺は脇から駆け出してきたマリウスと一度視線を交わす。

黒いフィルドザウルスは、任せてしまっていいだろう。

俺はさらに視野を広げるようにして、戦場を眺める。

……ここでの俺の役目はわかってきた。

攻撃力は問題ないが、魔物との打ち合いになったときに力を発揮できない冒険者たちの援護をするのがいいだろう。

だから、困っている冒険者たちを手助けするように、俺は『挑発』を発動した。


南門での戦いは、それから追加で参戦した騎士団によって、一気に片付いた。

ベルトリア率いる精鋭部隊の力は凄まじかった。

戦いを終えたあと、もう役目が終わった俺たちは街へと戻ろうとしたのだが、俺のほうに冒険者たちがやってきた。

「あ、あんたルードだよな？」

「え？　あ、ああそうだけど」

「助かったよ！　魔物たちめっちゃ引きつけてくれたおかげで、安全に戦えたよ！」

「わ、私なんて死んでいたかもしれないところを助けてもらって……あ、ありがとうございました」

「オレも、あんたがいなかったら死んでたかもだ……ありがとな」

そんなお礼の言葉をたくさん言われていく。

別にお礼を言われるために他の人たちを守っていたわけではないが、言われて悪い気はしない。

帰ろうとしていたのだが、結果的に冒険者たちに囲まれてしまったため、中々すぐに街には戻れない。

お礼に対して言葉を返していると、こちらに騎士たちがやってきた。

冒険者が道を譲るようにして離れていく。俺のほうへベルトリアがやってきて、微笑(ほほえ)んだ。

「ルード、助かった。先に向かわせていた騎士たちから話は聞いた。皆を守ってくれたようだな」

「……いえ、俺は俺にできることをしただけです。俺は攻撃よりも守るほうが得意なので、役割分担しただけですよ」

実際そうだ。俺が引きつけている間に、皆には背後から攻撃してもらっていた。

俺としても、助かっている部分はかなりあった。

「ルードは謙遜しがちだな。まあいい。とにかく助かった。君がいたおかげで被害は最小で済んだ。とりあえず、ゆっくり休んでくれ」

「はい、わかりました」

ベルトリアがにこりと微笑み、それから俺たちの前から立ち去った。

まだやるべきことがあるようで、黒い魔物たちの死体を見て回っている。

……とりあえず、これで俺たちの役目も完全に終わりだ。

荷物をまとめ、街へと戻っていく。

街へと着いたところで、俺はアモンへと問いかける。

「アモン。あの大量の魔物発生の原因はわからないか？」

アモンは腕を組み、難しい顔を作る。

「あの魔力は……恐らくじゃが、魔王のものじゃ」

「だけど、この迷宮は魔王のものじゃないんだよな？」

「いや、それなんじゃが……やはり、あの魔力は魔王のものに似てはいるんじゃ」

「……どういうことなんだ？」

「わしもよくわからぬのじゃが、この迷宮にいる魔王は恐らくヴァサゴ・グラットニーなんじゃ」

「……やっぱり、魔王なのか。奴がいろいろちょっかいをかけた結果が、あの黒い魔物なんだな？」

「おそらくはそうなんじゃが……わしが確信を持てない理由はの、魔力の質が随分と違うんじゃ」

「魔力の質が？　でも、魔力って日によって多少違うんだろ？　多少違うくらいはよくあることなんじゃないか？」

「それは、そうなんじゃが……あの迷宮から感じられる魔力はまるで違うんじゃよ。そうじゃな、例えるならばヴァサゴの親戚です、と言われても納得できるくらいに違うんじゃ。じゃから、わしも判断がつかんのじゃよ」

「なんだそれは……？」

いまいちよくわからない。俺が首を傾げると、アモンが頬を膨らませる。

「むっ、わしを馬鹿にするんじゃないんじゃよ。本当に、まるで違うんじゃからな？　牛肉と豚肉くらいは違うんじゃ！」

「……わ、わからん。けど、ヴァサゴの可能性があるってことでいいんだな？」

「そうじゃ」

アモンがこくりと頷く。

……そうなると、これから先の迷宮攻略はさらに気を引き締める必要があるな。

「とにかく、それを聞けただけでも十分だ。ありがとなアモン」

「すまんの、断定できなくて」

アモンは申し訳なさそうに両手を合わせて笑う。

とりあえず、明日の攻略前に皆には伝えておかないとな。

○

次の日になった。

皆には魔王がいる可能性が高いということで話をし、気を引き締め直して迷宮攻略を進めていった。

特に問題はなく、四十階層までは到着できた。

一体、ヴァサゴは何を考えているのだろうか。

黒い魔物たちがすべてヴァサゴによるものなのだとすれば、王都の破壊などを企んでいるのだろうか？

この迷宮も、その足掛かりの一つなのだろうか？

わからない。

この階層に到着してから、いまだ魔物は出現していない。

また、何か中ボスのような魔物が出現するのだろうか。

そんなことを考えながら俺たちが進んでいったときだった。

ピタリ、とアモンが足を止めた。

「これは……」

アモンが驚いた様子でこちらを見てきた。

「何か、来るんじゃよ。気を付けるんじゃ！」

アモンが叫んだ次の瞬間だった。俺たちの頭上から魔力の塊が降り注いできた。

咄嗟に俺は大盾を構える。頭上から降り注いできた魔力の塊は、しかし俺たちの体を傷つけることはなかった。

何の衝撃もなく、俺たちは顔を上げる。

空からゆっくりと黒い魔物が下りてきていた。

……そいつは、以前戦った黒い魔物に酷似していた。

だが、あいつよりもはっきりと人だとわかる。

そして、あいつよりも厳つさは増している。

黒い体にべったりと張り付くように鎧を身にまとっている。

彼の手には長剣が握られていて、それも以前よりも鋭く感じる。

明らかに異質で、強大な魔力だ。

俺は大盾を構え、じっと睨む。

いつ、何をされてもすぐに反応できるように、準備はしている。

俺がじっと彼を睨みつけていると、彼の目がこちらへと向いた。

「……グラト」

以前と同じように、目の前の男はその名前を呟いた。

か細く、消え入るような声ではなく、はっきりとグラトの目を見ていた。

異質な空気を持っていた彼へ、グラトが一歩近づいた。

「……キミは何者だ？」

グラトが問いかけると、ゲラゲラとそいつは笑い出した。

「ああ、そうか。完全に記憶がねぇのか」

粗暴な口調だ。体を殴りつけるような声をあげ、彼はゲラゲラと笑う。

「魔王ヴァサゴ・グラットニー。まあ、好きに呼んでくれればいいぜ」

「……魔王」

アモンの、予想通りか。

マリウスが今にも飛び掛かりそうな様子で刀を構えている。それは彼だけではない。

いつ交戦したとしても戦えるように、皆が準備をしている。

だが、今は情報が欲しい。グラトのことを彼は知っているのだから。

「ヴァサゴ。キミは僕のことを知っているんだよね？　どうして知っているの？」

グラトが再度問いかけると、ヴァサゴはつまらなそうに鼻を鳴らした。

「はっ、何も理解できねぇってか。まあ、いいや。てめぇにはもっと強くなってもらわないといけねぇんだよ」

「……僕に強くなってもらわないといけない？」

「ああ、そうだ。オレが最強になるために必要なのさ」

最強になるためにグラトが必要、だと？

状況が見えてこない。

そしてヴァサゴは真実を話す素振りも見せない。

俺は彼を脅すつもりで剣を傾ける。

「……ヴァサゴ、といったな。昨日外に黒い魔物が大量発生したのもおまえが関係しているのか？」

「まあな。あいつはちょっとした実験だ。魔力を与えまくったらどうなるかってな」

「何が、目的なんだ？」

俺が強く睨みつけると、ヴァサゴは頭をかいた。

「別に」

「なんだと？」

「大した理由はねぇよ。暇つぶしみてぇなもんさ。オレはただ、強い奴と戦えれば、それでいいのさ」

「……それだけの理由か？」

「ああ」

なんてはた迷惑な奴なんだ。

……魔王というのはどいつもこいつも自分勝手が過ぎる。

ヴァサゴはすっと俺たちに背中を向けながら、口角を吊り上げた。

「オレは五十階層で待っている。さっさと来るんだな」

にやりとヴァサゴは笑い、それから姿を消した。

「……」

グラトは唇をぐっと噛み、何やら眉間を寄せていた。

彼に声をかけようと思ったところで、アモンがやってきた。

「五十階層がどうやら最終階層のようじゃな」

「……みたいだな」

「ただ、やはり対面してわかったんじゃ。ヴァサゴの魔力は完全に魔物のそれじゃ。魔人としての魔力をまったく持っていないんじゃ」

「……どういうことだ？」

ちら、とアモンがグラトを見てから扇子を立てた。

「予想はできるが、確定はしとらん。またあとで詳しく話すんじゃよ」

俺はニンたちへと視線を向ける。

「了解、だ」

「今日の攻略はここまでにしよう」

このまま、迷宮攻略を続けるという空気でもない。

俺の意見に反対する者はいない。すぐに俺たちは一階層へと戻り、迷宮を後にした。

グラトは、未だどこか考えるような表情だった。

俺はそんな彼にどのような言葉をかけるべきか、わからないでいた。


一度宿へと戻り、俺はベルトリアへと報告するため外へと出た。

「わしもついていくんじゃよ」

迷宮を出たところで、アモンがこちらへと声をかけてきた。

俺が出てくるのを待っていたようだ。

「え？　何かあるのか？」

「先程迷宮で話したじゃろ？　後で話したいことがあると。それをここで話そうというわけじゃ」

「……わかった」

彼女とともに街を歩いていく。

普段は落ち着いた微笑を浮かべている彼女だったが、今はどこか真剣な表情をしている。

「それで、どんな話なんだ？」

「わしもあくまで推測じゃが……ヴァサゴは自分の魔人の力を引きはがしたのかもしれぬ

の」

「……魔人の力を引きはがす？　そんなことができるのか？」

「以前グリードが強くなるために必要なことを調べたことがあったんじゃよ。その中の一つに、魔人の力と魔物の力の二つに分けて、二つ同時に鍛えたら強くなるんじゃないか？と言っていたんじゃ」

二つ同時に、か。

考え方は理解できなくもなかった。

俺でいえば、スキルを鍛えながら、魔力による身体強化を鍛える、みたいなものだろう。

同時に使用することは可能だが、同時に同じだけ鍛えるのは難しい。

しかし、それぞれの力を持つ人間二人に分かれてしまえたら、どうだろうか？

片方の人間にスキルを鍛えてもらい、もう片方に魔力を鍛えてもらえる。

「……わからなくもないけど、そんなことできるのか？」

「グリードはあくまで机上の空論と話しておったな。それに、体を分裂させたからといって、本当に自分の思い通りに動くかはわからぬのじゃ。まあ、わしもその研究について聞いたのは随分と前での。グリードがそれからどのように研究を進めていったのかはわからぬゆえ……直接聞いてやろうと思ったんじゃ」

「……直接、グリードにってことか？」

「この王都にグリードは捕らえられておるんじゃろ？　わしの作った首輪の魔力が感じられるんじゃ」

「そうだけど……会えるか？」

「まあ、そこはおぬし次第じゃ。あの女騎士団長をおとせば、手を貸してくれるはずじゃろ？　頑張るんじゃ！」

バシッと背中を押される。

頑張れと言われてもな。

普通に頼むしかないよな。

騎士団の詰め所が見えてきた。

中に入る前に、俺は最後の問いかけを行う。

「……さっきの魔人の力と魔物の力についての話だけど」

「なんじゃ？」

「……グラトは魔人の部分、ってことなのか？」

「そうじゃ」

……だから、アモンはグラトがいない場でこうして話してくれたのかもしれない。

グラトが気にするかもしれないからだろう。

アモンとともに騎士団の詰め所へと入っていく。

ベルトリアへの面会について話をすると、すぐに奥へと案内される。

面会室へと入り、今日あった出来事についての話をした。

迷宮の四十階層まで攻略したこと。

そこで、魔王ヴァサゴと遭遇したこと。

この二つについて話したところで、ベルトリアは腕を組んだ。その表情は険しい。

「魔王か……。グリードの一件がなければまるで御伽噺(おとぎばなし)のような存在だったが……とにかく、キミたちは大丈夫なんだな？」

ここにいるアモンも魔王です……なんてことは絶対に言えない。

アモンはなんだかウズウズしている。

絶対に魔王であることを自白するなよ？

「はい。魔王ヴァサゴは言っていましたが、あの迷宮は魔王が管理しているようです。第五十階層にて待っているとも話していましたので、嘘でなければあの迷宮の最下層は第五十階層では、と思っています」

「なるほどな。わかった。難しいかもしれないが――魔王の捕獲と迷宮攻略をお願いしたい。もちろん、魔王に関しては捕獲できれば、だ。討伐を優先してもらって構わない」

ベルトリアは難しい表情のまま、こちらを見ていた。

討伐よりも捕獲のほうが難易度は高い。

だからこそ、ベルトリアはそう言ったのだろうが、俺としても敵意がないのならば殺すつもりはなかった。

「わかりました」

ベルトリアにそう答えたところで、アモンが手を挙げる。

まさか、自己紹介か？　不安に思っていると、彼女がにこりと微笑(ほほえ)んだ。

「おぬしに聞きたいのじゃが、魔王グリードに一度面会がしたいんじゃ」

「……面会、だと？」

「うむ。魔王ヴァサゴについて何か情報でも手に入るかもーって思ったんじゃ。そうすれば、何か有利に戦いを進められるかもしれないじゃろ？」

……相手は騎士団長だからもう少し言葉遣いには気を付けてほしかったが、俺の言いたかったことを伝えてはくれた。

「騎士団長、それは可能でしょうか？」

俺が問いかけると、ベルトリアはこくりと頷(うなず)いた。

「ああ、そうだな。奴はかなりのおしゃべりだと聞いている。もしかしたら、魔王ヴァサゴの話もしてくれるかもしれないし、直接会えるように許可をとっておこう」

「ありがとうございます」

「気にするな。こちらも無茶な頼みをしているのだ。できる限りは協力しよう」

……これなら、グラトとヴァサゴについても知ることができるかもしれない。

「話は以上か？」

「はい」

「それじゃあ、グリードとの面会ができるようになったら宿のほうに連絡しよう。今日もご苦労だった。魔王もいることだ、迷宮攻略は慎重に行ってほしい」

「……気遣い、感謝いたします。それでは」

ベルトリアに一礼をして、俺たちは騎士団の詰め所を後にした。


次の日。

第四十五階層まで迷宮を攻略したあと、俺はアモンとともに騎士団の詰め所へと向かった。

グリードとの面会に関してはすぐに許可が下りたからだ。

それから、騎士に案内されるままに王都にある牢獄へと向かった。

階段を下りていった先、一番深い場所にグリードの部屋はあった。

中は魔石の明かりしかないため、非常に暗い。

「私は出入り口を見張っています。お気をつけて」

騎士とは階段のところで別れた。

彼は宣言通り入り口近くを見張ってくれている。

グリードがいる牢獄へと向かう。

鉄格子越しに彼を見る。

食事などは与えられているようで健康的に見える。

こちらを向いた彼は想像していた表情とは違い落ち着いたものだ。

もっと憎しみのこもった目で睨(にら)まれるのではと思っていたんだけどな。

「これはこれは、ルードさんにアモンさんではありませんか。お久しぶりですね」

グリードは右手を上げた。

そこにはだらりと鎖がつけられていた。

鎖は壁につけられているため、グリードの動きをかなり制限している。

とはいえ、グリードが本来の力を持っていれば、こんな鎖なんて簡単に引きちぎりそうな気がするが。

アモンが作ってくれた首輪があるため、何とかここに縛り付けることができているというわけだ。

「久しぶりだな」

「ええ、お久しぶりです。ルードさん、一つ提案があるのですが」

「なんだ？」

「私をここから出してはくれませんか？」

「出すと思うか？」

「私はあくまで研究がしたいだけなんですよ」

「……ホムンクルスたちを傷つけていたじゃないか。外に出したら、また同じ被害者が生まれるだろ？」

「あれは人間たちの使い方に問題があっただけですよ。私は、あくまで研究のみにしか興味はありません。ですから、あなたのところにいるホムンクルスたちを調べさせてはくれませんか？　安心してください、死なない程度にしますから！」

何も安心できない。アモンがケラケラと笑っている。

「魔王というのは身勝手なものじゃよ。己の欲望に忠実で、正直なだけなんじゃからな」

……だろうな。

グリードからは一切の悪意が感じられない。

彼は恐らく、本当に純粋にホムンクルスについて知りたいだけなんだろう。

「どうですかルードさん。あなた、私との戦闘で魔人化していましたよね？　研究させていただければ、私もあなたの力についてそれなりの答えを用意できると思いますが」

「特に興味はないいな」

「それは残念です」

グリードは落胆した様子で息を吐いた。

アモンがぴっと扇子を開く。

「そんな研究大好きグリードに一つの話をしてやろう。おぬし、魔人と魔物の力の分離について の研究をしておったじゃろ？」

「ええ、していましたね。アレは、ヴァサゴさんに言われて少ししましたね。二つの力を分離させ、同時に鍛えたら最強！　という奴ですね」

なんだその頭の悪そうな研究は……。

グリードは本気で研究以外に興味はないのだろう。

だからこそ、恐ろしい。

彼自身にその気はなくとも、彼の研究によって多くの人が、ホムンクルスが苦しんでいることに。

「その研究はどこまで進んだんじゃ？」

「分離するところまでですかね。ただ、分離した場合には複数のリスクがあるため、オススメはしていませんが」

「ほぉ、分離できるんじゃな。つまり、可愛いわしが二人に増えることも可能ということなんじゃな？」

「ブスが二人できるだけですよ。分離した場合、どちらも元の姿ではない可能性もありますので万が一、美人なアモンさんが生まれる可能性もありますが」

「なるほどのぉ、それでヴァサゴの見た目が多少変化していたんじゃな」

「な、なんですか⁉　まさかヴァサゴさん、分離を⁉　んん！　研究したい！　ここから出してくれませんかアモンさん！」

「駄目に決まっておろう。大人しく魔界に帰るならともかく、おぬしが原因で困っている人もおるんじゃからな」

「私の研究していた美味（おい）しいケーキの作り方と交換でどうでしょうか？」

「ほぉ、それは魅力て──」

「駄目だからな、アモン」

彼女の肩を掴（つか）み、少し力を入れて睨（にら）む。

「わ、わかっているんじゃよ」

口元に涎（よだれ）を垂らすんじゃない、まったく。

「グリード、分離について聞きたい。もう予想はついているだろうが、ヴァサゴは二人に分離している。ヴァサゴとグラトという人物にだ。グラトは魔人の力が関係しているのか、完全に人の姿になっているんだ」

「……ほぉ。魔物の力と分離すると、そうなるのですか。それは面白いですね」

「……二人は、元に戻る可能性はあるのか？」

「十分にあり得ますよ。最初にも話しましたが、これは二倍速く強くなるための方法ですからね。ヴァサゴさんは恐らく、そのグラトさんとやらを吸収し、本来の姿に戻ろうとしているはずです」

「確認したいんだが、グラトはつまり……生まれたばかりってことになるよな？　それと、ヴァサゴに吸収された場合、どうなるんだ？」

「グラトさんは生まれたばかりです。記憶などもヴァサゴさんから引き継ぐのに失敗していれば、それこそ赤子のようになってしまっているでしょう。これがこの研究の問題点その一です。そして、そのままグラトさんが死ねば、ヴァサゴさんは半分死んだも同然ということです。これが、懸念していた問題点その二ですね。ヴァサゴさんが再び吸収した場合、どの程度強化されるのかは不明です。こちら、問題点その三となっています。また、人格などはどうなるのか……恐らく、ヴァサゴさん本人のものになるとは思いますが、実例がないため……うーむ、わからない状況です」

……なるほど、な。

「吸収された場合、グラトは死ぬ可能性がある、ってことだな」

「ええ、そうですよ。ですが、ルードさん。あなたの目標が魔王討伐なのであれば、今は大チャンスでもあります」

「……なに？」

「グラトさんを殺せば、ヴァサゴさんは本来の力を取り戻すことが永遠にないのですから。常に弱点をさらしているようなものですよ。裸で歩いているようなものです」

「……」

グリードの言葉の意味がわからないわけではない。

この世界のことを考えれば、グラトを殺すのが魔王討伐への手っ取り早い手段ではあるのだろう。

「それを、するわけがない。グラトは俺の仲間だ」

「そうですか。それでは面白い実験成果も見られるかもしれませんね。あとでまた報告に来てください」

「期待はしないほうがいいと思うがな」

わざわざ彼のために戻ってくるつもりはない。

俺がそう言うと、グリードは残念そうに肩を竦めた。

「ああ、もう。せっかく教えてあげたのに冷たい人たちですね。ま、気長に待ちますかね。……しかし、なるほど。分離自体も想像しかしていなかったのですが、まさか実現できるとは――」

グリードはふむふむとあれこれ呟きだした。

これが、この魔王の研究者としての側面なんだろう。

アモンとともに牢獄を後にし、俺たちは地上へと帰還した。

そのまま宿へと向かいながらグリードやヴァサゴを思い出す。

あの二人は、魔王の中でもおかしな奴らなのだろうか？　それとも、アレが基準で、アモンのように協力的なほうがおかしいのだろうか？

「……アモンってもしかして、かなり魔王の中でも良識的なのか？」

「ん？　わしも別にそんなことはないと思うがの。食べ物好きじゃし、迷宮管理好きじゃし。わしの欲はそんな方面にばかり強いだけじゃな。それらが満たされる限りは、わしはおぬしに手を貸すというわけじゃ」

「そうか」

できれば、もう一度敵対はしたくないものだ。

「グラトに今回の話はするのかえ？」

「……正直、迷っている」

ただ、グラトを五十階層に連れていくのは危険だ。

彼の力を取り込んだヴァサゴは、かなりの強敵となるだろう。

……もちろん、グラトを殺すつもりは欠片もない。

俺の考えとしては、グラトを迷宮から遠ざけ、そのまま人として過ごしてもらうというものだ。

ただ、な。

それをするにはグラトに今回の話をする必要が出てくる。

……彼はどう思うだろうか？

「まあ、その決断はおぬしに任せるんじゃよ。わしは宿で休んでおるからの」

「了解だ」

軽く息を吐き、それからグラトのことを考えていた。

次の攻略で、恐らくヴァサゴがいる階層まで到着する。

その戦いにグラトを連れていくのは、やめたほうがいい。

それならば、彼にもこの事実を伝えるべきなのだが……中々決心がつかないでいた。

そんなことを考えながら宿へと戻り、自室へと向かう。

俺の部屋の扉の前で、グラトが待っていた。こちらに気付いた彼が近づいてくる。

「ルード、少し話があるんだ」

真剣な様子だった。

俺も彼に伝えなければならないと思い、頷(うなず)いた。

「場所は俺の部屋でいいか？」

「うん」

グラトを連れ、自室へと入る。

部屋に備え付けられていた椅子の向かい側にグラトを座らせる。

「それで話って？」

「……僕のことなんだけど」

グラトはじっとこちらを見てから、口を開いた。

「あの、魔王ヴァサゴと対面したとき、凄い嫌な感じがあったんだ」

「嫌な感じ？」

「……まるで鏡でも見ているような感じ、かな？　見た目はまるで違うと思うんだけど、彼から感じられる……力、かな？　それが僕に似ているような気がして――……やっぱり、僕は魔王の関係者なんだろうなって思ってね」

「……」

グラトは自分の存在で迷っているんだ。

このまま、彼に黙ったままでいるわけにはいかないだろう。

「グラト、俺はさっきこの街にいるもう一人の魔王に話を聞いてきたんだ」

「もう一人の魔王？」

「ああ。以前俺が捕らえた魔王でな……そいつなら、何かグラトや魔王ヴァサゴのことを知っているかもしれないと思ってな」

「……それで、どうだったの？」

俺は大きく深呼吸をした。

それから彼の目を見て、真っすぐに答えた。

「その魔王によれば……グラトは恐らくヴァサゴの人間としての部分なんじゃないかって話だった」

「……人間としてのヴァサゴ、なるほど、ね」

グラトは合点がいったという様子で頷いている。

それからグリードから聞いたことについて、俺は彼へと伝えていった。

すべてを聞き終えたグラトは、じっと俺を見てきた。

「ルードは、僕をどうしたいのかな？」

「別に何もするつもりはない」

「……僕は、魔王の半身なんだよ？」

「グラトはグラトだろ。そんな気にすることじゃない。……それこそ、双子みたいなものだ」

そう、双子だ。

グラトとヴァサゴという二人の人間がいる。

俺がそう言うとグラトは驚いたようにこちらを見てから、僅かに微笑んだ。

「……そっか。ありがとう、ルード」

「別に感謝されるようなことは何もしてない」

「ううん、僕はその言葉がとても嬉しいよ。ルードは魔王ヴァサゴを倒すために五十階層に行くんだよね？」

「そうだな。ここに迷宮があっては邪魔で困るらしいからな。話をして、駄目なら倒すしかない」

「それなら、僕も行くよ」

「……」

少し不安はあった。

しかし、グラトの顔を見て言葉を挟むのはやめた。

決意のこもった表情だったからだ。

「ヴァサゴを倒して、僕は僕として生きるってヴァサゴに伝えようと思う」

「そうか。わかった、一緒に行こう」

「うん」

こくりとグラトが頷いた。

第二十五話　魔王との戦い

次の日。俺はみんなを集め、昨日わかったグラトについての話をまとめていった。

すべてを話し終えると、真っ先に口を開いたのはニンだった。

「なるほどね。グラトとヴァサゴの関係はわかったわ。そんじゃ、色々迷惑かけているヴァサゴにお灸をすえないといけないわね」

ニンが鼻息荒くそう言った。

誰も、グラトを敵だとは思っていない。ちらと、俺はマリウスを見る。

唯一、心配だったのはマリウスだ。彼は魔王に対して因縁のようなものを抱えているからだ。

「そろそろ、迷宮に行くのかえ？」

話も終わったので、アモンがそう問いかけてきた。

俺はこくりと頷いた。皆で宿を出たところで、マリウスに近づいて問いかける。

「マリウス……おまえはグラトのことをどう思っているんだ？」

「どう思っているとはなんだ？」

「一応、扱い的には魔王と同じだろ？　おまえが、何かこうグラトに斬りかかったりするんじゃないかと思っていたんだが……」

俺がそう言うと、マリウスが眉間を寄せる。

「おまえ、オレを何だと思っているんだ？」

「いや……戦闘大好きな奴、とかか？」

「まったく……」

マリウスが小さくため息をついた。

それからちらとこちらを見てくる。

「オレだって、見境くらいは持っているさ。別にグラトとヴァサゴは違うからな。グラトはただの人間だ。そして、我が友でもある。そんな奴に襲い掛かるわけがないだろう」

「……そうか」

ほっと胸をなでおろす。ぷんすか怒っていたマリウスに俺は苦笑を返してから、迷宮へと潜っていった。

○

迷宮へと入り、第四十六階層から順に攻略していく。

出現する魔物はこれまでに戦ってきた魔物たちだけだった。

「ヴァサゴの奴は迷宮に対してもっと真摯に向き合ってほしいものじゃな！　こんなに適当にやるなんてふざけておるんじゃよ！」

アモンはヴァサゴの迷宮への情熱の少なさに、怒っていた。

ヴァサゴは自分が強くなることにしか興味を持っていないようだった。

迷宮はあくまでこの世界に来るための足掛かりのようなものだったのだろう。それから、グラトを強化するためだけの場所なんだ。

一つ、また一つと階層を進んでいく。

だいぶ、パーティー単位での動きにも慣れてきた。

そうして、俺たちは第四十九階層から第五十階層へと続く階段を下りていく。

そこで、僅かに休憩をとった。ここまでの戦いで大きく苦戦することはなかったが、次にはヴァサゴが控えている。

万全の状態で臨めるように準備を整える必要がある。

階段を下りると、やはりこれまで通り平原が広がっていた。

第五十階層の中央——そこにヴァサゴは待っていた。

以前と同じ姿だ。全身は黒く、鎧でも纏っているような姿をしている。

右手に持った長剣を持ち上げ、彼はすっとこちらを見てきた。

口元には笑みが浮かんでいる。

「グラト、よくここまで来てくれたな」

ヴァサゴはグラトの来訪を喜んでいるようだが、グラトがここに来た目的はヴァサゴの望みを叶えるためではない。

「ヴァサゴ。悪いけど、僕は人間として生きさせてもらうよ」

その言葉に、ヴァサゴは驚きはなかったようだ。

予想、していたのだろうか。

とにかく彼は、微笑とともに頷(うなず)いた。

「そうか。それは残念だ。ならば、無理やり吸収しようか」

グラトの生き方を許可したのではなく、無理やりにその力を奪い取ろうと考えていたようだ。

にやり、とヴァサゴは笑みを浮かべる。

好戦的な笑みだ。そんな彼の前を塞ぐように、俺は一歩前へと出た。

「グラトは俺たちの仲間だ。好き勝手にはさせない」

「仲間である以前に、グラトはオレのモノだからな」

そこで一度言葉を切ったヴァサゴは、にやりと濃い笑みを浮かべる。

彼の筋肉に力がこもったのが見えた。

「邪魔をするんじゃねぇぞ……！」

次の瞬間だった。

ヴァサゴは大地を蹴った。真っすぐに突っ込んできた彼の長剣を俺は大盾で受け止める。

重い一撃。

骨が軋むほどの衝撃だったが、それを跳ね返した。

ヴァサゴが後退し、体勢を戻したところで俺は吠えた。

「みんな、来るぞ！」

すぐにそれぞれがそれぞれの役目を果たすため、動き出す。

俺も、タンクとしてヴァサゴを引き付ける必要がある。

『挑発』を放つと、ヴァサゴは顔を顰めながらこちらへと向かってきて、剣を振り下ろしてきた。

斬撃がこちらへと迫ってくる。

それを大盾で防ごうと構えると、俺の前にグラトが出ていた。

「グラト!?」

グラトは片手を向け斬撃を吸収する。

そして、ヴァサゴへとその斬撃を返した。

彼の声に反応するようにして、黒い糸たちが体へと伸びてくる。

巻きついてきたそれらを、引き剥がすように足を上げた。

ぶちぶち、と糸が引きちぎられ、ぱらぱらと落ちる。

「てめぇ！　オレの言うことが聞けねぇっていうのか！　てめぇはオレの――」

僕はそれからヴァサゴの声がしたほうへと顔を向け、叫ぶ。

「僕は僕だ！　もう、キミの半身とか、そんなんじゃない！」

「て、てめぇ――！」

ヴァサゴの糸が再び伸びてきて、僕の腕や足へと絡みつく。

しかし、力を込めれば、それらはあっさりと切れた。

……ヴァサゴ自身の力が弱まっているのは確かだと思う。

僕はもう一度ヴァサゴの声を睨みつける。

「最強になりたいのなら、自分一人で目指すといいよ。僕は僕なりの人生を歩ませてもらうよ」

そう返し、思いきり腕を振り上げる。

ぶちぶちと糸は切れ、体が自由になる。その外の景色へと向かうように、僕は大きく足を動かした。

○

グラトの声だ。

俺を呼んだ彼に反応しようとした瞬間だった。

ヴァサゴは自分の拳で自分自身の顔面を殴りつけた。

「あが!?」

困惑と驚きが入り混じったような悲鳴が上がり、ヴァサゴは背中から倒れた。

同時に、彼の体は縮んでいき……そこにはグラトが立っていた。

彼もまた肩で息をしながら、杖(つえ)を両手に持ち、ヴァサゴの頭へと思いきり叩きつけた。

「が!?」

その一撃をかわす体力が残っていなかったようで、ヴァサゴはそのまま気を失った。

「ヴァサゴ。キミが戦っているのは、ルードたちだけじゃないんだよ」

そう言い終えたグラトが、さらにもう一発すでに意識を失っているヴァサゴの顔面に杖を叩きつけた。

そしてぶいっとピースサインを作ったグラトに、俺は笑みを返す。

「グラト、無事でよかった」

「……ありがとね、みんな。みんなのおかげで、こうして無事戻ってこれたよ」

そう言ったグラトの体が、ぐらりと傾いた。

その体に肩を貸してやる。

……ヴァサゴと同じようにダメージを受けているのだろう。駆けつけてきたニンに治療をお願いすると、アモンが声をあげた。

「ルードやー、ルードやー。これ首輪なんじゃ！　これをヴァサゴにつけておけば魔力を無効化できるんじゃよ！」

アモンはまだ動けないようで首輪を持っている腕だけを動かしていた。

「……ああ、ありがとな」

アモンから首輪を受け取り、マリウスのほうへと投げる。

彼はすぐにヴァサゴへと首輪をつけ、その足を持って引きずってきた。

いや、せめて背負ってあげてくれ……。

首輪をヴァサゴにつけたことで、彼の中にあった魔力が消えさった。

……これで無力化できたのだろう。

「後は、迷宮の最奥で魔石を探すだけじゃな」

「……そうだな」

……何とか、なったな。

皆かなり疲労はしていたが、今回も無事迷宮を突破できた。

それに胸をなでおろしながら、俺たちは迷宮の最奥へと向かい、魔石を手に取った。

○

迷宮の魔石を手にして、すぐだった。

俺たちは図書館へと吐き出されるように移動した。

久しぶりだな、迷宮の完全攻略は。

達成感が胸を満たし、俺はこちらを驚いた様子で見ていた騎士たちに声をかける。

「依頼を受けていたルードだ。無事、迷宮の攻略を終えた。それと、こいつが……迷宮を管理していた魔王ヴァサゴだ。魔法は使えないよう、無力化させてはいるが、気を付けてくれ」

マリウスがヴァサゴを引き渡すと、騎士から驚いたような声があがる。

「ま、魔王……こいつが！」

「た、確かに魔王グリードに似て、嫌な感じがするな……」

「と、というかまさかもう迷宮攻略するなんて……十日くらいしか経ってないよな……？」

「さ、さすがの冒険者、というところか……」

騎士たちの驚きの声に混ざるように、司書たちの喜びの声が聞こえた。

「ルードさん、ありがとうございます！」

「これでまた、いつも通りの仕事ができます！」

「本当に、本当に助かりました！」

嬉しそうに声をあげる彼女らに、頷いた。

「俺たちは依頼を受けただけだから、そんなお礼を言われる立場じゃないよ」

そう返しながら、俺たちは図書館を離れた。

……こうして誰かの力になれて良かった。

俺たちは一度宿へと向かい、アモンをひとまずベッドで寝かせた後騎士団の詰め所へと向かった。

ちょうど、騎士団の詰め所からは、騎士団長が外へと出てきたところだった。

二名の騎士を連れ、慌てた様子で駆け出してきたベルトリアはこちらに気付くと、ほっとした様子で息を吐いた。

「まさか、魔王を倒し捕獲するとは……な。本当にキミには驚かされることばかりだ」

「……頼まれていましたからね。とりあえず、今日のところは報告だけになりますが……無事迷宮は攻略できました」

「……ああ、ありがとう。これで市民たちも安心して暮らせるはずだ」

いつ迷宮から魔物が出現するかわからない状況では、確かに生活も落ち着かなかっただろう。

「良かったです……その、疲れもありますし……詳しい説明はまた後日で構いませんか？」

「……ああ、今日はゆっくり休んでくれ。私から、上には連絡をしておこう」

「お願いします」

そう言ってベルトリアに一礼を返してから、俺たちは宿へと戻った。

エピローグ　誕生日会

迷宮攻略から数日が経った。

魔王討伐の報告も無事終えた俺たちは、またあとで詳しい話を聞かれるかもしれないということで、しばらく王都に滞在することになった。

そういうわけで、リリアとリリィの誕生日会については王都にある街で行うことになった。

個室ごとに分かれたオシャレなお店の一室を借りた俺たちは、そこで二人の誕生日パーティーを開いていた。

「リリア、リリィ。誕生日おめでとう」

俺たちが声を揃えるようにそう言うと、二人は顔を見合わせる。

それから、リリアが小さくぼそりと呟くように口を開いた。

「あ、ありがとう……」

珍しい表情のリリアに、リリィが目を輝かせる。

「お姉ちゃん、もしかして照れてますか？」

「……べ、別にそうじゃないから」

「本当ですか？　実は照れたりとかしてますよね？」

「……うるさい」

リリアはむすっと頬を膨らませると、リリィのほっぺを抓った。

「い、痛いですお姉ちゃん！」

「リリィが余計なことを言うのが悪い」

リリィが助けを求めるようにこちらを見てきたが、自業自得だろう。

二人のイチャイチャが終わったところで、俺たちは用意していたプレゼントを彼女らに手渡していく。

それに対して、二人は頬を赤らめながら受け取っていく。

「こ、こうやってプレゼントもらうのってやっぱり何だか慣れませんね」

「……まあ、ね」

次は俺の番だ。

俺もリリアとリリィにプレゼントを渡すと、彼女らは口元を緩めた。

「ルード、これ――」

リリアとリリィはそれぞれ犬と猫のキーホルダーを手に持った。

二人が気になっていたものだ。

「……ああ、まあ、そうだな。嫌だったか？」

興味を持っていたと思ったから購入したのだが、違っただろうか？

「ううん、私は別に」

リリアは嬉しそうに頬を緩め、

「私もです」

リリィも同じように微笑んでくれた。

良かった。俺はほっと胸をなでおろした。

そして、後ろのほうでこちらを眺めていたグラトへと視線を向ける。

それは俺だけではなく、全員だ。

そして、グラトに向けて俺たちは声をあげた。

「グラトも、誕生日おめでとう」

「へ？　僕？」

驚いた様子でグラトがぽかんとしていた。

これに関しては完全にサプライズだ。成功したわね、とニンが悪戯っぽく笑い、俺も彼女に合わせるように笑った。

「そうだ。数日前になるけど、あの日が生まれた日になるだろ？　それなら、だいたいこの時期がグラトの誕生日ってことでいいと思ってな」

「そういうわけよ。リリア、リリィと一緒の日が誕生日ってことでいいんじゃない？」

俺とニンがそう言うと、グラトは驚いたように見開いていた目を微笑で細める。

「……ありがとう。とても嬉しいよ」

「そうだ。プレゼントだ。この短剣、良かったら使ってくれ」

店で購入した短剣をグラトに渡した。

これから冒険者をやるのならば、戦闘中でも解体用でも、使う機会はあるだろう。

「……ありがとう、大事にするね」

「これから、仲間としてよろしく頼むよ」

俺がグラトに手を差し出すと、彼もぎゅっと握りしめてきた。

「うん、よろしくね」

グラトが嬉しそうに笑う。

こうして、俺たちのクランにグラトという名前が新しく入ったのだった。


〈『最強タンクの迷宮攻略5』へつづく〉

この作品に対するご感想、ご意見をお寄せください。

〒101-0052 東京都千代田区神田小川町3−3
主婦の友インフォス　ヒーロー文庫編集部

「木嶋隆太先生」係
「さんど先生」係

ヒーロー文庫

最強タンクの迷宮攻略 4
（さいきょうタンクのめいきゅうこうりゃく）

木嶋隆太
（きじまりゅうた）

2021年9月10日　第1刷発行
2024年1月31日　第2刷発行

発行者　廣島順二

発行所　株式会社　イマジカインフォス
〒101-0052 東京都千代田区神田小川町 3-3
電話／03-6273-7850（編集）

発売元　株式会社　主婦の友社
〒141-0021
東京都品川区上大崎 3-1-1 目黒セントラルスクエア
電話／049-259-1236（販売）

印刷所　大日本印刷株式会社

ISBN 978-4-07-449243-5